Werner Hasselbacher
Zebra mit Bratkartoffeln

AF286308

Werner Hasselbacher, geb. 1948, arbeitete neun Jahre als Tierpfleger im Frankfurter Zoo, dem er zeitlebens verbunden blieb. Abitur auf dem Zweiten Bildungsweg. Danach an der Goethe-Universität Frankfurt tätig. Er reiste viel, engagiert sich für den Naturschutz und seine große Leidenschaft ist der Fußball.

Werner Hasselbacher

Zebra mit Bratkartoffeln

Zoogeschichten

Die Originalausgabe erschien unter dem Titel *Des Zoodirektors böser Traum* im Verlag freier Autoren, Fulda 1999
Überarbeitete Ausgabe
© 2006 Werner Hasselbacher

Herstellung und Verlag:
BoD – Books on Demand, Norderstedt
Satz und Titelfoto: Werner Hasselbacher
ISBN 978-3-8334-6660-1

Für Marion

Elefanten werden immer wieder wohlmeinend mit dem Menschen verglichen. Dies ist als großes Kompliment gedacht. Dabei kann es für diese außergewöhnlichen Geschöpfe keine größere Herabwürdigung geben.

Bill Canning, Elephant Days

Inhalt

Wie ich zu einem ungewöhnlichen Essen kam

Womit alles anfing, weiß ich nicht. Meine Schulzeit verlief ziemlich normal. Meine Bildung bezog ich – abgesehen von der Volksschule, in der ich acht Jahre mit mäßigem Erfolg die Bank drückte – hauptsächlich aus Heftchen, die ich mit Heißhunger verschlang, vor allem aber aus Filmen, für die ich weit mehr Interesse zeigte als für meine Hausaufgaben.

Das Kino war meine wahre Bildungsstätte. In ihm studierte ich Geschichte, Erdkunde, Soziologie und Ethik. Unter der Führung von Kirk Douglas befreite ich mich im Aufstand des Spartacus vom Joch der Sklaverei und lehrte die römischen Legionen das Fürchten. Ich saß an König Artus' Tafelrunde, liebte, unglücklich wie Lanzelot alias Robert Taylor, Ginevra, des Königs schöne Gemahlin, und schwor, den Heiligen Gral zu suchen. Als in England Sir John Anspruch auf die Krone erhob, die Scheunen der Bauern leer und die Wälder um Nottingham von Rebellen voll waren, da war ich es, Ivanhoe, der schwarze Ritter, dem die Jüdin Rebekka und Lady Rowena ihr Herz schenkten, und ich zog blank für Gott, Elizabeth Taylor und meinen König, Richard Löwenherz. An der Seite von John Wayne trieb ich Rinderherden durch Texas, trotzte Indianern, Banditen und Abstinenzlern. Der Lehrer zog mir die Ohren lang, wenn ich mit den Gedanken bei meinen Helden statt beim Unterricht war. Er erreichte immerhin, daß die gekaperten Galeonen, die unter der Totenkopfflagge Kurs auf Tortuga nahmen, wo Rum und Mädchen auf mich warteten, jedesmal mit Verspätung vor Anker gingen.

Alles in allem besaß ich also Voraussetzungen wie neunzig Prozent der Gesellschaft. Dennoch landete ich nicht am Fließband, wie es sich gehört hätte. Vielleicht bewahrte mich die Tatsache, daß ich ein großer Tierfreund war, vor diesem Schicksal.

Solange ich denken kann, wünschte ich mir nichts sehnlicher als ein Pferd, obwohl in unserer Wohnung nur für einen Kanarienvogel Platz war. Aber unter einem Pony war bei mir nichts zu machen. Das Ende vom Lied war, daß ich keins von beiden bekam. Als Entschädigung erwarb unsere Familie eine Dauerkarte für den Zoo, deren Rentabilität durch mich garantiert war. Ich freute mich auf die Ferien, sofern wir sie auf dem Land verbrachten. Kein Kuhstall, in den ich nicht meine Nase steckte. Ich plünderte meine Sparbüchse, um mir den Film *Serengeti darf nicht sterben* fünfmal im Kino anzusehen. Das sechste Mal sah ich ihn gratis zusammen mit meiner Schulklasse und hätte ihn mir bestimmt zum siebten Mal angeschaut, wenn ich nicht für den Rest des Monats pleite gewesen wäre. Andere legen sich später einen Hund oder eine Katze zu und sind zufrieden damit – ich nicht.

Obwohl ich keinen Drang zum Höheren verspürte, stand ich mit dreizehn vor der Wahl: kaufmännische Lehre oder Handelsschule. Eine Bauerngenossenschaft bot mir eine Lehrstelle an. Während des Vorstellungsgesprächs deutete mir die Personalchefin anhand meines Schulzeugnisses – unter besonderer Berücksichtigung der Drei in Rechnen – die Zukunft. Die sah alles andere als rosig aus. Ich bat um Bedenkzeit, ging in den Western *Die glorreichen Sieben* und kam nach Ende des Films zu dem Schluß, daß ich zum Kaufmann kein Talent hatte. Dann schon lieber Handelsschule. Das lief zwar letzten Endes auf dasselbe hinaus, aber ich dachte mir, kommt Zeit, kommt Rat. Ich bestand die Aufnahmeprüfung und war darüber so glücklich, daß ich vor Freude an einer Schneeballschlacht teilnahm, mir prompt eine Erkältung holte und zur Truppe stieß, als diese bereits bei der doppelten Buchführung angelangt war.

Ich lernte eine Menge. In Deutsch, daß ein Dingwort ein Substantiv und ein Tuwort ein Verb ist. In Stenographie, wie die Handschrift auszusehen hat, daß, wenn sie rechtsgestellt ist, man einen guten, wenn sie linksgestellt ist, man einen schlechten, und wenn sie geradegestellt ist, man überhaupt keinen Charakter besitzt und ich der letzten Kategorie angehörte, da mich mein Klassenlehrer in der Volksschule mit Kopfnüssen aus der ersten vertrieben hatte. In Maschinenschreiben, das Lehrbuch mitzubringen oder andernfalls mit vorgehaltenem Drehstuhl zwanzig bis dreißig Kniebeugen zu absolvieren und anschließend mit zitternden Händen einen Text zu tippen. Ferner, daß die Hände an der Schreibmaschine waagrecht zu halten sind – ein Prinzip, das uns mit einer in die Handballen piekenden Stecknadel eingefleischt wurde. In Wirtschaftskunde, den Kopf einzuziehen, um vor zweckentfremdetem Inventar in Deckung zu gehen. Außerdem, wie man einen Störenfried bestraft, indem man das Kollektiv nachsitzen läßt, und schließlich und endlich, wie man der Schule fernbleibt.

Nach einer Woche strenger Überwachung des elterlichen Briefkastens fing ich einen Brief der Schulleitung ab, in welchem mein unentschuldigtes Fehlen beklagt wurde. Ich setzte ein entsprechendes Antwortschreiben auf, unterschrieb mit dem Namen meiner Mutter – die Unterschrift meines Vaters beherrschte ich nicht annähernd so gut –, übergab das Schreiben der Post und holte so das Versäumnis nach.

Einstweilen konnte ich mich wieder den Zoobesuchen widmen, die täglich auf meinem Programm standen, da sie dank des Familienabonnements der billigste Weg waren, in jenen kalten Wintertagen nicht auf der Straße zu erfrieren. Schließlich mußte ich frühmorgens bei Wind und Wetter aus dem Haus, um „Üb immer Treu und Redlichkeit" vorzutäuschen. Ich war zwei Wochen lang der erste Besucher im Zoo, dessen kann ich mich rühmen. Hierbei ergab es sich, daß ich neben Kehrbesen und Dreckschippe erstmals Bekanntschaft machte mit einer Greifzange und einem Schlagstock, deren Gebrauch mir ein Wärter, der Weitblick besaß, in groben Zügen erläuterte, bevor er sich von einer Kiste mit weißen Mäusen zurückzog und mir zur Erprobung des Instrumentariums freie Hand gab. Die Mäuse hatten das Nachsehen, zum Wohle kleiner Raubtiere, die sie sich schmecken ließen.

Wenn ich ausnahmsweise bei Kasse war, quittierte ich vorübergehend meinen freiwilligen Dienst im Zoo und ging statt dessen in die Matineevorstellung zwielichtiger Filmtheater, wo Streifen liefen, in denen irgendwelche Muskelprotze als Herkules oder so unbekannte Schauspieler wie Ronald Reagan als Gesetzeshüter agierten – so tief war ich gesunken. Nachts lag ich mit offenen Augen und schlechtem Gewissen im Bett und bat den lieben Gott in inbrünstigen Gebeten um Beistand. Als aber in der dritten Woche der Briefträger meinen Eltern einen Einschreibebrief überbrachte, zweifelte ich an Gottes ewigem Ratschluß. Nach Vollzug der Prügelstrafe wurde ich aus Gründen der Familienräson in Acht und Bann getan. Ich war vogelfrei und somit im Besitz der nötigen Reife, mich um eine Anstellung als Tierwärter im Zoo zu bewerben. Unter einer letzten Bedingung: Es mußte ein Lehrberuf sein. Es war einer. Ich unterschrieb meinen Eltern ein Dokument, aus dem hervorging, daß meine Berufswahl mein ureigenster Wunsch und Wille war, dann den Arbeitsvertrag, und war nun Tierpflegerlehrling mit Aussicht auf Rente. Ich hatte Berge von Mist zu versetzen – genau das Richtige für mich Dreikäsehoch – sowie hungrige Mäuler zu stopfen, wobei mir meine Vorkenntnisse zugute kamen,

12

da ich im Erschlagen von Mäusen beachtliche Fertigkeiten mitbrachte.

Im Laufe meiner Karriere arbeitete ich mich in dieser Branche vom Eintagsküken über Tauben, Hühner, Ratten, Meerschweinchen, Kaninchen bis zum Großvieh hoch. Anfänglich erledigte ich mein Handwerk mit Gewissensnot, später mit Ehrgeiz und zuletzt mit Routine. Durch Verarbeitung der Überschüsse zu Löwenfutter half ich, die Expansion von Hängebauchschweinen, Zwergziegen, Mähnenschafen und anderen sich freudig vermehrenden Huftieren in Grenzen zu halten. Ich schaffte es bis zur Elenantilope. Fehlten nur noch Bantengs in meiner Sammlung. Ich hatte Glück und erwischte gleich zwei. Sie waren die Krönung meiner Laufbahn.

In Eugen Schumachers *Letzte Paradiese* hatte ich diese Wildrinder auf der Leinwand bestaunt und mir nicht träumen lassen, daß sie mir eines Tages auf einem Teller mit Soße und Kartoffeln serviert werden würden. Damals wußte ich noch nicht, daß auch Zootiere den Gesetzen des Marktes unterliegen. Mit einem seltenen Okapi läßt sich ein gutes Geschäft machen. Ein gewöhnlicher Braunbär ist dagegen schon ein Ladenhüter. Überangebote senken die Preise, während Monopole den Absatz, künstliche Verknappungen die Gewinne sichern. Meine beiden Bantengs gehörten zwar einer seltenen Art an, doch die Zuchtgruppe, aus der sie stammten, war die einzige im Lande, und das sollte sie auch bleiben. Darüber hinaus waren sie junge Bullen, folglich schwerer zu verkaufen, kurzum: totes Kapital. Infolgedessen wurden sie anläßlich einer Betriebsfeier auf die Speisekarte gesetzt.

Ich muß sagen, sie waren ausgezeichnet im Geschmack, zarter als Wapitihirsch und nicht so streng wie Warzenschwein. Der Leiter der Werbeabteilung und der Hüter der Zebraherde waren so begeistert, daß sie nach dem Essen ein Ständchen gaben. Sie sangen, Krawatte und Gummi-stiefel in trautem Verein, von einem Birnbaum drunten in der Lobau. Keine Ahnung, wo die lag. Meine Kollegen vermuteten, irgendwo im Süden. Auf alle Fälle schienen dort Birnbäume zu wachsen. Wir schauten noch tiefer in unsere Gläser. Zu solch einem Essen kommt man schließ-lich nicht alle Tage.

Seine Majestät

Nach Meinung mancher Zeitgenossen leben wir im Zeitalter der Computer; das ist ein Irrtum; wir leben im Zeitalter der Monarchen. Niemals waren sie so zahlreich vertreten wie heute.

Anstelle von Kronen tragen sie Schuppen, Federn oder Haare. Ihre Residenz haben sie für gewöhnlich in Zwei- oder Dreizimmerwohnungen. Je vornehmer ihr Stammbaum, je höher ihr Anschaffungspreis, desto reichlicher sind sie von Filterkohle, parfümiertem Sand, Sofakissen und ähnlichen Annehmlichkeiten umgeben. Sie sorgen für Gesprächsstoff, der die Spalten mehrerer Zeitschriften füllt. Außerdem schaffen sie beträchtlichen volkswirtschaftlichen Nutzen dadurch, daß sie ihren Hoflieferanten, den Zoohändlern, Arbeit und Brot geben, und, was nicht hoch genug veranschlagt werden kann, sie halten die Fleischpreise stabil.

Darum genießen einige von ihnen völlig zu Recht das Privileg, ihre Lakaien, Herrchen und Frauchen genannt, an einer Leine durch die Straßen ziehen zu dürfen. Es ist verbürgt, daß sie währenddessen ihre Geschäfte erledigen. Das schadet zwar ihrem guten Ruf, wird aber, wie eingehende Untersuchungen zeigen, in Kauf genommen, zumal die Mehrheit ihre Allüren privat pflegt.

Diese Erkenntnis verdanke ich einem jener ungekrönten Könige, von denen hier die Rede ist: Seiner Majestät dem Schlitzrüßler, Solenodon paradoxus.

Er ist der Vertreter eines uralten Geschlechts, mit einer Ahnenreihe, die zurückreicht bis ins untere Oligozän, also um ein Stück länger ist als die der Hohenzollern. Das erste Kapitel seiner Familienchronik berichtet von einem Kampf gegen schauerliche Drachen, geläufig auch unter dem Namen Dinosaurier. Er endet mit der Niederlage derselben, die es nicht verstanden, den Emporkömmlingen vom Stamme der Säuger den Garaus zu machen. Vermutlich waren sie darüber so beschämt, daß sie, um der Schande zu entgehen, freiwillig aus dem Leben schieden. Jedenfalls ist es eine plausible Erklärung für ihr plötzliches Verschwinden.

Die restlichen Kapitel lesen sich wie das Blatt eines Kleintierzüchtervereins – im wesentlichen nichts Neues. Erwähnenswert ist nur das eine: die Entdeckung der Großen Antillen, und zwar vor Christoph Kolumbus. Auf ihnen hat der Schlitzrüßler noch heute Grundbesitz.

Ob unser einheimischer Igel ein direkter Abkömmling von ihm ist oder der Angehörige einer jüngeren Linie, kann hier mit Rücksicht auf die unterschiedlichen Standpunkte der Experten nicht entschieden werden. Es kann aber als gesichert gelten, daß ich einem Schlitzrüßler zu Diensten war. Er residierte im Zoologischen Garten zu Frankfurt am Main, wo er sich gegen Eintrittsgeld, Kinder und Studenten die Hälfte, dem Volk zeigte.

Vor seinem Eintreffen waren am Hof die nötigen Vorbereitungen getroffen worden. Den Untermietern, den allgegenwärtigen Küchenschaben, wurde durch Verpflichtung eines Kammerjägers gekündigt. Dessen Bemühungen war ein gewisser Erfolg nicht abzusprechen. Das Schabenheer nahm um genau fünfzig Prozent ab, was ich daran feststellte, daß nur noch halb so viele Exemplare meine Garderobe bevölkerten. Eine weitere Maßnahme auf dem Gebiet der Hygiene, die Desinfektion des Königsgemachs, erfolgte nach den modernsten Methoden, derart, daß ich mir nebenbei die Qualifikation zum Zwiebelschneiden erwarb, da mir infolge der chemischen Dämpfe Hornhaut auf den Augen wuchs. Das Gemach, drei Meter lang, achtzig Zentimeter breit und hoch, erhielt einen frischen Anstrich und einen neuen Teppichboden aus Sägemehl, so daß es dem gehobenen Standard entsprach. Auch an das Tafelgeschirr war gedacht. Die Hofverwaltung ging mit der Zeit und schaffte Näpfe aus blauem Plastik an, nachdem ich die herkömmlichen aus Steingut mit Geduld, Scheuerpulver und Seifenlauge auf Hochglanz poliert hatte.

Der Tag des Einzugs war ein großes Ereignis. Das Empfangskomitee, bestehend aus mir, bezog bei Sonnenaufgang seinen Posten. Als gegen Mittag in der Nachbarschaft die Kirchenglocken läuteten, hielt es Ausschau, weil es dachte, daß es jetzt soweit wäre. Es handelte sich aber nur um die Generalprobe, denn von Seiner Majestät war weit und breit nichts zu sehen.

Mit Verspätung, aber trotzdem pünktlich zur Teestunde ertönte die Hupe der Staatskarosse. Hoheit hatte unterwegs das Vergnügen gehabt, zwei Umleitungen mittlerer und einen Verkehrsstau erster Güte kennenzulernen. Der Chauffeur hatte es nicht umsonst mit dem Blutdruck. Während er Wörter benutzte, die nicht im Großen Duden stehen, suchte ich nach einem Kästchen mit der Aufschrift „Lebende Tiere! Nicht stürzen!". Es lag – mit der Unterseite nach oben – unter dem Beifahrersitz. Ich holte es hervor, drehte es vorsichtig um, hob es vor mein Antlitz und stellte mich meinem Herrn und Gebieter durch die Luftlöcher in der Stirnseite vor. Er gab von innen Klopfzeichen, und das war soviel wert, als hätte er mir guten Tag gesagt.

Zunächst nahmen er und seine Gemahlin, die ihn begleitete, Quartier in einer abgeschiedenen Kammer, um sich an unser Klima, die ungewohnten Speisen und an meinesgleichen zu gewöhnen. Er war sehr um seine Gesundheit besorgt und bestand darauf, daß ihn sein Leibarzt zweimal die Woche untersuchte. Zu jeder Mahlzeit mußte ich ihm Medikamente reichen, die er mit großem Unbehagen schluckte; dafür aß er für zwei, und wurde doch nicht dick. Als ich ihn nach Sinn und Zweck der Arzneikur fragte, gab er mir im Vertrauen zu verstehen, daß er auf die Dauer nicht über die Mittel verfüge, seine Reisebegleiter, Amöben, Salmonellen und diverse Würmer, zu verköstigen, ohne Schaden an Leib und Seele zu nehmen, und deshalb habe er ihre Ausreise beantragt. Und in der Tat, nach einem Fläschchen Antibiotika, einer Tube Entwurmungspaste und einer Packung Stärkungspillen nahmen sie von ihm Abschied. Seine Gemahlin hatte nicht soviel Glück und starb an einer unheilbaren Krankheit.

Er aber zog in sein hergerichtetes Gemach ein und trat so erstmals vor das Volk. Die Menge empfing ihn mit gemischten Gefühlen. Die Erwachsenen sagten: „Der sieht ja beinahe so aus, als wäre er ein Schlitzrüßler." Die Kinder hingegen riefen: „Iiih! Eine Ratte!" Seine Majestät war zutiefst gekränkt. Denn er sah nicht aus wie eine Ratte, eher wie eine Maus von der Größe eines Meerschweinchens, mit Pfoten zum Unkrautjäten und einer Schnauze, die auf nahe Verwandtschaft zu einer Mohrrübe schließen ließ. In seiner Not wandte er sich nach links an seine Ratgeber, die Wickelbären, dann nach rechts an seinen Hofnarren, den Roten Uakari, und kam nach reiflicher Überlegung zu dem Schluß, daß es in diesem Fall das beste sei, sich volkstümlich zu geben, setzte sich hin und tat, was sogar der Kaiser von China ab und zu tun mußte.

Für die Zukunft machte er sich das zur Regel. Er war überhaupt ein unverbesserliches Gewohnheitstier. Morgens stand er nie vor elf Uhr auf, trank stets auf nüchternen Magen einen Schluck Wasser, vertrat sich dann ein Viertelstündchen die Füße und legte sich anschließend wieder aufs Ohr. Am Nachmittag pflegte er sich an die gedeckte Tafel zu setzen und ausgiebig zu speisen. Danach unternahm er einen Verdauungsspaziergang, wobei er im

Zickzack ging, als hätte er zu tief ins Glas geschaut. Wie er den Abend verbrachte, weiß ich nicht, da ich zu dieser Zeit zu Hause vor dem Fernseher saß, um mich vom Treiben bei Hofe zu erholen. Aber in der Nacht schien er wilde Orgien zu feiern, denn am Morgen herrschte in seinen vier Wänden ein Durcheinander wie in einer zünftigen Wohngemeinschaft.

Obwohl ich mich auf die Zubereitung von ausgefallenen Gerichten gut verstehe und imstande bin, vom Kolibri bis hin zum Elefanten jedem das Gewünschte vorzusetzen, versagte meine Kunst bei diesem Herrn nach und nach. Ich wählte unter den süßen Früchten die süßesten aus, ließ zähes Geflügel zurückgehen, hob Mäusenester aus, kurz: tischte ihm das Beste vom Besten auf. Er aber rührte nichts davon an, ja kippte sein Essen mir zum Verdruß auf den Boden. In dem Bemühen, ihn wenigstens bezüglich der Tischsitten zur Umkehr zu bewegen, kam das ausgediente Steingutgeschirr wieder zu Ehren – jedoch vergebens. Er war nicht davon abzubringen, mit Speise und Trank Unfug zu treiben, spielte mit den Fleischklößchen Ball, panierte den Fisch in Sägemehl und nahm in der Kraftbrühe ein Bad.

Als er so viel abgenommen hatte, daß ihm sein Rock eine Nummer zu groß war, beschloß er, die Nulldiät zu beenden. Er bestellte Milchsuppe mit Zwiebackeinlage und einen Mehlwurm zum Dessert. Noch am selben Tag wurden Jäger ausgesandt, um Wild zu erlegen. Sie kehrten heim mit reicher Beute, einem Zigarrenkästchen, besetzt mit Heupferdchen und dem letzten, wenn nicht gar einzigen Maikäfer der Saison. Erstere wie letzteren betäubte ich mit Lachgas und servierte sie Hoheit zum nächsten Frühstück.

Am Morgen versammelte sich der gesamte Hofadel vor dem Königsgemach, um zu sehen, ob Hoheit das Wildbret mundete. Ich mußte Seine Majestät wecken, da es nicht seine Zeit war. Er schnauzte mich an, als hätte er gerade von seinen überseeischen Besitzungen auf Haiti geträumt, und meinte, was mir einfalle, ging aber schließlich doch auf meine Empfehlung hin frühstücken. Er steckte seine Nase in die Schüssel, um zu erkunden, was es gab, blickte auf und leckte sich genüßlich die Lippen. Sein zähnestarrender Rachen öffnete sich, und im Nu war ein Heupferdchen waidmännisch zerlegt und unter dem Beifall der Edlen in seinem Bauch verschwunden. Dieser Vorgang wiederholte sich fünfmal. Dann war der Maikäfer an der Reihe. Der aber war nicht nach Majestäts Geschmack, sondern erhielt nach kurzer Untersuchung freies Geleit. Er erwachte aus der Narkose, brummte ein fröhliches Liedchen und flog, noch etwas benommen, zu einer Kastanie, wo ein ordinärer Spatz kam, der ihn mit Andacht verspeiste.

Ich trug Seiner Majestät nun täglich Heupferdchen auf. Er dankte es mir, indem er täglich sechs als Vorspeise aß und alsbald wieder zu Kräften kam. Aber der Hofmarschall war in diesem Punkt anderer Meinung. Er redete sich ein, Seine Königliche Hoheit würde krank, wenn er pro Tag nicht mehr als sechs Heupferdchen esse, und daran wäre ich schuld, denn sieben müßten es sein. Von Majestäts mathematischer Begabung wollte er nichts wissen. Deshalb dichtete ich, als mich der Hofmarschall wieder einmal nach der Anzahl der verzehrten Heupferdchen fragte, eins hinzu, worauf er „Na bitte" sagte und bei Majestät bereits eine Gewichtszunahme festzustellen glaubte.

Nach einem Jahr wurde auf Seine Majestät ein Attentat verübt. Ein ehrgeiziger Hofrat, ein Doktor Soundso, hatte die brillante Idee, den rauhen Sägemehlteppich in des Königs Gemach gegen einen flauschigen aus Torf auszuwechseln. Hatte sich Majestät bereits auf dem alten Belag die Füße wund gelaufen, so lief er sich jetzt die Sohlen auf dem neuen vollends durch. Nachdem auch das Besprengen des Torfs mit klarem Wasser keine Besserung brachte, verordnete ihm der Arzt eine Salbe, mit der ich einmal am Tag seine schwärenden Wunden behandelte, ein Verfahren, das mich stets um meine Finger bangen ließ, da er äußerst kitzlig war und nach ihnen schnappte.

Schon nach etwa achtzig Tagen zeigte sich die erste Wirkung, allerdings nicht aufgrund der verwendeten Salbe, sondern dank eines Höflings von niederer Herkunft, der Majestäts Beschwerden der Torfsäure zuschrieb. Auf sein untertäniges Anraten hin wurde der Fußboden des Königsgemachs mit runden Kieselsteinen und trockenem Laub ausgelegt. Nach einem Monat waren die Füße Seiner Majestät wie durch ein Wunder geheilt, und er ging fortan unbeschwert wie in Schuhen von *Salamander*.

Im achten Jahr seiner Regentschaft dankte Seine Majestät ab. Er bezog ein Fach im Gefrierschrank, verließ es nach fünf Tagen, wurde ausgenommen wie eine Weihnachtsgans, dann mit Holzwolle gefüllt und ist nun im Naturkundemuseum zu besichtigen.

Glückliches Ende

Ich war Tierpflegerlehrling im ersten Lehrjahr. Ein älterer Arbeitskollege suchte für ein Indisches Streifenhörnchen, das jemand im Zoo abgegeben hatte, einen Abnehmer. Er fand ihn in mir. Ich nahm das Hörnchen in einer leeren Milchpulverdose mit zu uns nach Hause. Noch am selben Tag kaufte ich einen Hamsterkäfig. Über den Bewegungsdrang eines Streifenhörnchens machte ich mir wenig Gedanken. Viel wichtiger war für mich, wie ich meine Eltern dazu bringen konnte, meine neueste Errungenschaft in der Wohnung zu dulden. Ich durfte eigentlich keine Haustiere halten. Ich redete mit Engelszungen auf sie ein und pries das ruhige Wesen der Streifenhörnchen im allgemeinen und die Sanftmut und Anspruchslosigkeit dieses Hörnchens im besonderen. Meine Fürsprache hätte einen Stein erweichen können. Das Hörnchen spielte mit und verhielt sich friedlich. Meine Eltern waren einverstanden. Wir hatten ein neues Familienmitglied. Ich nannte es Fritz.

Nach einer Woche wurde mir klar, daß der Hamsterkäfig zu klein für Fritz war. Er brauchte Auslauf. Ich setzte ihn in die Badewanne. Meiner Mutter, die sich fürchtete, in Anwesenheit von Fritz auf die Toilette zu gehen, sprach ich Mut zu. Ich erklärte ihr, daß die glatten, emaillierten Wände einer Badewanne für ein Streifenhörnchen absolut unüberwindlich seien. Ich glaubte selbst fest daran, bis meine Mutter in der Toilette schrie: „Das Hörnchen ist los!" Mein Vater, meine Schwester und ich – wir waren gerade beim Abendessen – sprangen vom Tisch auf und eilten ihr zu Hilfe. Ich riß die Toilettentür auf. Meine Mutter stand wie versteinert da. Vor ihr, auf dem Klodeckel, saß Fritz, putzte sich sein Schnäuzchen und ahnte nichts von menschlichen Bedürfnissen. Meine Mutter verlangte, die

Tür wieder zu schließen. Ein Streifenhörnchen auf dem Klo war ihr lieber als eins im Wohnzimmer. Meine Schwester meisterte die Situation. Sie sagte meiner Mutter, sie solle sich nicht so anstellen, komplimentierte sie aus der Toilette und ging selbst hinein. Wir lauschten gespannt an der Tür. Nach einer Weile sagte uns das vertraute Geräusch der Spülung, daß es meiner Schwester gelungen war, den Platz von Fritz einzunehmen.

Es sollte nicht das letzte Mal sein, daß Fritz entwischte. Er verkroch sich sogar einmal im Gasherd! Meine arme Mutter. Der Zwiespalt, einerseits kochen zu müssen, andererseits Fritz nicht rösten zu wollen, stand ihr im Gesicht geschrieben. Wir wußten uns keinen Rat. Mein Onkel wurde geholt, der gleich seinen Werkzeugkasten mitbrachte. Er hatte den Herd bereits abmontiert, als Fritz rußgeschwärzt aus dem Ofenrohr hüpfte. Ein Aufatmen. Aber wir hatten uns zu früh gefreut. Jetzt ging die Jagd erst los: unter den Stuhl, über den Tisch, hinter den Schrank. Zum Glück hatten wir einen dunkel gesprenkelten Bodenbelag in der Küche, so daß ich wenigstens die braunen Pillen, die Fritz bei seiner Flucht hinterließ, beseitigen konnte, bevor sie meine Mutter entdeckte.

Ein halbes Jahr verging. Fritz war inzwischen zutraulich geworden. Er nahm Weintrauben und Nüsse aus meiner Hand. Er ließ sich sogar von mir im Käfig streicheln. Ich hatte ihn ganz langsam daran gewöhnt. Zuerst getraute ich mich nur, ihn mit Lederhandschuhen anzufassen. Diese Vorsicht war unnötig. Ich konnte getrost mit bloßen Fingern sein schönes samtiges Fell berühren.

Sein Lieblingsplatz war vor dem Küchenfenster. Er liebte den Rundblick, den er von dort auf die angrenzenden Häuser und die grünen Hinterhöfe hatte. Mit Vorliebe beobachtete er die Spatzen, Amseln und Tauben im Nußbaum gegenüber.

An einem Sonntagmorgen, ich war noch im Schlafanzug, genoß er wieder einmal die schöne Aussicht. Zu meinem Schrecken nicht *im*, sondern *auf* dem Käfig! Ich war wie gelähmt. Er kletterte die Hauswand hoch, als wäre es nichts. An der Dachrinne machte er kehrt. Kopfüber stieg er hinab, zum Greifen nah an unserem Stockwerk vorbei. Die Nachbarn streckten die Köpfe aus den Fenstern. Das war ein Schauspiel! Es war noch Tage danach in der Nachbarschaft Thema Nummer eins. Ich schnappte den Käfig und rannte die Treppe hinunter. Wohlgemerkt: im Schlafanzug. Fritz saß unten auf dem Rasen. Er ließ mich nicht näher als fünf Meter an sich herankommen. Die nächste Hauswand war ihm. Er türmte an ihr hoch und verschwand über die Dächer auf Nimmerwiedersehen.

Hier könnte die Geschichte enden. Doch tags darauf wollten Schulkinder ein paar Straßen weiter ein Streifenhörnchen gesehen haben. Das konnte nur Fritz gewesen sein! Meine Phantasie ging mit mir durch. Ich dachte an die Hunde und Katzen, die Fritz nachspüren und jagen, an die Autos, die ihn bedrohen, an seinen Hunger, sein Heimweh, wie er uns sucht, den Weg zurückfindet, endlich vor unserem Küchenfenster sitzt und Einlaß begehrt – und niemand ist da, der ihm öffnet. Nein, das durfte nicht sein!

Ich besorgte mir ein Holzbrettchen, eine dünne Schnur, einen ausgedienten Messinggriff, eine leckere Mandel und baute den Hamsterkäfig zu einer Falle um. Zur Probe entfernte ich die Mandel, die die Schnur in einer in das Holzbrettchen gesägten Kerbe festklemmte. Das mit dem anderen Ende der Schnur verbundene und mit dem Messinggriff beschwerte Käfigtürchen fiel herab. Die Falle funktionierte. Ich stellte sie auf den Fenstersims. Jetzt hieß es abwarten und Tee trinken.

Auf der Arbeit konnte ich an nichts anderes denken. Nach Feierabend eilte ich nach Hause. Es war niemand in der Wohnung. Schon im Flur hörte ich es vor dem Küchenfenster rumoren. Mein Herz schlug bis zum Hals. Sollte ich Fritz wirklich gefangen haben? Ich pirschte auf leisen Sohlen zum Fenster und lugte durch die Gardinen – im Hamsterkäfig flatterte eine Kohlmeise!

Aber auch das ist noch nicht das Ende. Jahre später schrieb ich diese kleine Geschichte und sandte sie an eine namhafte Tierzeitschrift. Der zuständige Redakteur schickte sie mir dankend zurück. Begründung: Die Geschichte habe kein Happy-End. Ich änderte daraufhin ihren Schluß wie folgt: „... im Hamsterkäfig flatterte eine Kohlmeise! Um ihr rechtes Bein war ein Zettel gewickelt, auf dem stand: *Indisches Streifenhörnchen zugelaufen (hört auf den Namen Fritz). Abzuholen bei Hans Meier, Gartenweg 9. Bitte 2mal klingeln.*"

Ich fange ein Nilpferd

In der Schule wurden wir einmal von unserem Lehrer gefragt, welchen Beruf wir später ergreifen wollten. Die Antwort kam wie aus der Pistole geschossen und fiel so aus, wie sie zu meiner Zeit von Jungen nicht anders zu erwarten war. Wäre jeder von uns das geworden, was er sich damals zu sein wünschte, so wären wir heute ein Volk von Lokomotivführern und Feuerwehrmännern, und Bäcker, Schreiner, Schlosser und all die anderen ehrenwerten Berufe wären samt und sonders ausgestorben, da sie keinem von uns erstrebenswert erschienen. Wer wollte schon sein Leben lang Schuhe besohlen, Wände tünchen oder, was gar nicht auszudenken war, mit Papier und Bleistift zu tun haben? Nur einer in unserer Klasse besaß genügend Sinn für die Realität und entschied sich für einen anderen Beruf als seine Klassenkameraden. Die Vorstellung, einen Zug in stockfinsterer Nacht, bei Nebel, Sturm, Hagel und Schnee sicher ans Ziel zu bringen, löste auch bei ihm Begeisterung aus, jedoch meinte er, so viel schlechtes Wetter und dräuende Finsternis könne es auf der Welt gar nicht geben, daß auf die Dauer selbst das Fahren einer Lokomotive nicht seinen Reiz verliere. Und außerdem, wo jetzt immer mehr Loks mit Strom statt mit Dampf betrieben wurden. Nein, früher oder später hinge einem der Lokführer zum Halse heraus. Ebensowenig kam für ihn in Frage, aus beruflicher Verpflichtung hilflose Menschen unter Einsatz des eigenen Lebens aus lodernden Flammen zu retten – höchstens nebenbei, bei der Freiwilligen Feuerwehr. Er war der einzige unter uns, der den Lockruf des wahren Abenteuers vernahm. Sachlich, nüchtern und konsequent wie er war, bewogen ihn zu seinem Berufswunsch nicht die Vorzüge eines gesicherten Einkommens und eines geruhsamen Lebensabends. Maßgebend für seine Entscheidung waren erhabenere Motive. Ruhig und bescheiden teilte er der Klasse mit, daß er die Absicht habe, nicht mehr und nicht weniger als ein großer Tierfänger zu werden, und der dies verkündete – war ich.

Seit ich laufen konnte, war es mein Bestreben, in die Fußstapfen des alten Hagenbeck zu treten. Bereits im zarten Knabenalter genoß ich als Katzenfänger einen ausgezeichneten Ruf. Mein Kompagnon und ich waren der Schrecken aller herumstreunenden Katzen in unserem Viertel. Mit unseren selbstgebastelten Katzenfallen waren wir so erfolgreich, daß wir uns vornahmen, sie patentieren zu lassen, und es war jammerschade, daß unsere geniale Erfindung nicht rechtzeitig zur nächsten Weltausstellung fertig wurde und wir zu Tode betrübt mitansehen mußten, wie die anderen für ihre Erzeugnisse, die unserer Meinung nach viel weniger taugten, die Goldmedaillen einheimsten. Unser Patent war äußerst kostengünstig und mit den einfachsten Mitteln herzustellen. Es bestand im wesentlichen aus einem mit Zweigen und Laub getarnten, kunstfertig angelegten gähnenden Abgrund, einem schier endlos tiefen, alles verschlingenden Schlund, ungefähr dreißig Zentimeter lang, dreißig Zentimeter breit und dreißig Zentimeter tief. Die Fangquote war phantastisch und übertraf unsere kühnsten Erwartungen. Wenn wir genau Buch führten und die Fehlschläge mitberücksichtigten, war sie gleich Null. Die Katzen lachten sich schief über unsere Fallgruben, und mit jeder Schlappe stiegen unsere Chancen bei der Präsidentenwahl des Tierschutzvereins. Dennoch gab es so unvernünftige Leute, die uns das Handwerk legen wollten, obwohl wir es doch nur gut mit ihnen meinten und ihre Vorgärten ein bißchen umgruben.

Von solchen Niederlagen ließ ich mich jedoch nicht entmutigen, sondern ich setzte mich kühn über alle

Schwierigkeiten hinweg, und während mein Kompagnon die Segel strich und sich auf ein Leben in Behaglichkeit vorbereitete, indem er der Fallenstellerei adieu sagte und statt dessen diverse Lehrbücher aufschlug, in die er sich so sehr vertiefte, daß lange Jahre nichts mehr von ihm zu sehen und zu hören war, zog ich hinaus in die weite Welt, um dort mein Glück zu versuchen. Es war der richtige Weg. Wohin ich auch kam und was ich auch anpackte: mir war überall und immer Erfolg beschieden. Ich fing Tiger in Indien, Löwen in Afrika und Grizzlybären in Nordamerika, war zu Gast bei Stammeshäuptlingen, Staatsoberhäuptern, Königen und Königinnen, und es ist schwer zu sagen, was mich mehr beeindruckte, der Empfang beim Präsidenten der Vereinigten Staaten oder das märchenhafte Fest, das der Maharadscha von Jaipur mir zu Ehren gab.

An wenigem läßt sich meine Karriere besser ablesen als an der Entdeckung und dem Fang des letzten lebenden Säbelzahntigers. Es war eine Sensation, die in fetten Schlagzeilen durch die Weltpresse ging, das Ereignis des Jahres, wenn nicht des Jahrhunderts. Über Nacht wurde ich weltberühmt, war mein Name in aller Munde. Man verglich mich mit Brehm und Grzimek, und so namhafte Universitäten wie die von Oxford und Harvard verliehen mir die Doktorwürde ehrenhalber. Der Berliner Zoo, dem ich den Säbelzahntiger unter der Vielzahl der Bewerber zugesprochen hatte, wollte mir zum Dank ein Denkmal auf seinem Gelände setzen, was ich jedoch aus Bescheidenheit ablehnte, da mich die Stadt bereits zu ihrem Ehrenbürger ernannt hatte. Das, wie alles andere auch, vorerst nur in meinen ausschweifenden Gedanken. Aber ich war fest entschlossen, ihnen Taten folgen zu lassen.

In meiner Heimatstadt gab es eine bekannte Tierfirma, ein riesiges Unternehmen mit weltweiten Verbindungen, das über eine einzigartige, ungemein reichhaltige, in Jahrzehnten mit Leidenschaft und Sachverstand zusammengetragene Tiersammlung verfügte. Gemessen an ihr war die Kollektion auf Noahs Arche ein heruntergewirtschafteter Flohzirkus. Gegen Lösung einer Eintrittskarte konnte die Sammlung von jedermann besichtigt werden, und das taten nicht wenige. Der Jahresumsatz an verkauften Karten lag über einer Million und war, wie die Verkaufsstatistik zeigte, ansteigend. Das lebende Inventar war sozusagen das Kapital der Firma. Naturgemäß unterlag es ziemlichen Schwankungen, die von Zeit zu Zeit durch An- und Verkauf ausgeglichen wurden. Ich sagte mir, wo wilde, ungezähmte Tiere gekauft und verkauft werden, da müssen auch welche eingefangen werden, und das wäre genau das Richtige für mich. Als ich alt und kräftig genug war, bewarb ich mich bei dieser Firma, gemeinhin auch Zoo genannt, um eine Anstellung.

„Du kannst zum Ersten bei uns anfangen", erklärte man mir, vorausgesetzt ich verpflichtete mich vertraglich, drei Jahre lang für ein Butterbrot zu arbeiten. Von meinem ersten selbstverdienten Geld wollte ich mir eigentlich ein Fahrrad kaufen, eins mit Gangschaltung, Felgenbremsen und ähnlichen Raffinessen. Aber der mir in Aussicht gestellte Monatslohn reichte gerade für die Luftpumpe. Ich rechnete mir aus, daß es bei diesem mageren Lohn noch zwei oder drei Jahre dauern würde, bis ich zu meinem Fahrrad käme, und selbst dann nur, wenn ich allen anderen Freuden und Vergnügungen entsagte und wie bisher meine Beine unter den Tisch meiner Eltern streckte. Doch was tat das. Dem stand ein ungleich größerer Gewinn gegenüber: Ich sollte zu den wenigen Sterblichen gehören, denen es vergönnt ist, in die Geheimnisse und Mysterien der Tierkunde eingeweiht zu werden und die zum Tierfang reichlich Gelegenheit bekommen. – Ich setzte meine Unterschrift unter den Vertrag.

Meinen Entschluß sollte ich nicht bereuen, denn schon bald hatte ich mein erstes Abenteuer zu bestehen. Es ging auf Nilpferdfang – nicht nach dem fernen schwarzen Afrika, sondern ins gekachelte Elefantenhaus, gleich um die Ecke, wo die Nilpferde ihr Quartier hatten. Hier war Nahrung für meine ewig hungrige Phantasie.

Wir waren zu siebt: Hans, ein gelernter Metzger, Hein, ein abgemusterter Vollmatrose, Dirk, der früher Kühe gemolken hatte, und Paul, der keinen Beruf vorweisen konnte, sofern man das Stapeln von Obst- und Gemüsesteigen nicht als einen solchen ansieht. Dann war da noch ein Veteran – ich will ihn einfach den alten Vogt nennen –, der schon Tierpfleger gewesen sein mußte, als Hannibal mit seinen Elefanten über die Alpen zog. Ferner der Vorarbeiter und meine Wenigkeit.

Über meine Kollegen gibt es weiter nicht viel zu berichten. Sie stachen aus der grauen Masse sowenig hervor wie ich. Wer ihnen auf der Straße begegnete, ging achtlos an ihnen vorbei. Nur wer sie näher kannte, wußte von ihren Eigenheiten. Hein zum Beispiel war ein überzeugter Hedonist, ohne je von dieser Lehre gehört zu haben. Die drei Dinge, die ihm im Leben am meisten bedeuteten, hatte die Tätowiernadel auf seinen Armen verewigt: ein Schiff, ein von einem Pfeil durchbohrtes Herz und eine Schnapsflasche. Unter seinem stets offengetragenen Hemd war der Dreh- und Angelpunkt seiner Lebensphilosophie festgehalten: ein dralles Weib, das, wenn er Brust und Bauch entblößte, nur mit Sonnenschein bekleidet war. Sein Rücken hingegen gab die Leinwand für ein imposantes Gemälde ab: Poseidon, von vier feurigen, Schwimmhaut behuften Rossen auf einem Streitwagen gezogen, bohrte seinen Dreizack zwischen die Augen eines finster dreinblickenden Kraken, dessen Tentakeln sich um Nacken, Schultern und Hüften schlangen. Auf dem rechten Oberschenkel blies ein Wal, und darunter, auf der Wade, war ein Anker geworfen, während das linke Bein nichts zu bieten hatte, jedenfalls keine bildliche Darstellung, jedoch zum Ausgleich für diesen offenkundigen Mangel mit gut einem Dutzend weiblicher Vornamen gesegnet war, die nach Heins eigenem Bekunden die Namen seiner Verflossenen waren.

Natürlich brannte ich darauf zu erfahren, ob Hein am ganzen Körper tätowiert war, bekam es aber sowenig heraus wie meine noch wißbegierigeren Kollegen, da dieser gemeine Kerl, dem jeder Sinn für Humor fehlte, sich in unserer Anwesenheit partout nicht von seiner Unterhose trennte. Hans, der als Metzger in Fragen der Anatomie eine gewisse Autorität besaß, hatte dafür eine einleuchtende Erklärung. Ihr zufolge litt Hein an einem körperlichen Gebrechen, das er nicht zum Gegenstand schamloser Betrachtung und hämischer Freude machen wollte. Es war eine ganz brauchbare Theorie, die eine Menge Anhänger fand und dazu diente, Hein aufzuziehen, ihn aber um so mehr in seiner Liebe zu seinen Unterhosen bestärkte.

Hans war für seine anatomischen Studien berühmt. Ob Haus- oder Wildtiere, Zebu oder Okapi, Suppenhuhn oder Schildkröte, er bewertete die einen wie die anderen ausnahmslos nach der Qualität ihres Fleisches, sah sie als Beefsteaks, Gulasch, Tatar oder Braten. Ständig war er dabei, sie mit dem Knochenspalter und dem Fleischermesser zu sezieren, und, wenn man ihm die Gelegenheit bot, nicht nur in seiner Vorstellung. Es gab für ihn keine heiligen Kühe. Auch unser Nilpferd zerlegte er in appetitliche Portionen, obwohl wir ihm noch gar nicht gegenüberstanden, geschweige denn, es eingefangen hatten. Er kam geradezu ins Schwärmen, und der Vorarbeiter mußte ihn mehrmals daran erinnern, daß das Nilpferd an einen anderen Zoo verkauft werden sollte – nicht als Ragout mit

Knödeln und Pilzen, sondern in einem Stück und möglichst lebendig.

Dem alten Vogt, der guten Seele, kamen bei so viel Herzlosigkeit fast die Tränen. Er war ein Mensch, der sein Leben den Tieren geweiht hatte, und ich glaube, seine Liebe zu ihnen wurde nur noch von der des Heiligen Franziskus übertroffen. Ob Franz von Assisi allerdings auch so gut mit ihnen umgehen konnte, wage ich zu bezweifeln. Oder hat man je davon gehört, daß der Schutzpatron der Tiere den Stall eines tobsüchtigen Zebrahengstes betrat? Genau das tat der alte Vogt nämlich. Und nicht nur das. Er legte der Bestie, die Chirurgie und Friedhof verkündete, auch noch zärtlich den Arm um den Hals, tätschelte und streichelte sie, als wäre es das Selbstverständlichste von der Welt, und der vierbeinige Satan ließ ihn gewähren, ja schien diese Mißachtung seines schlechten Rufes regelrecht zu genießen. Kein anderer durfte sich das bei ihm ungestraft herausnehmen, und ehrlich gesagt, es verspürte auch niemand Lust dazu. Erfahrene Tierpfleger mit vielen Dienstjahren auf dem Buckel – gestandene, furchtlose Männer – wollten eher ihren Kopf in den aufgesperrten Rachen eines Löwen stecken, als den Hengst mit der Fingerspitze berühren, nicht einmal durch das Gitter hindurch, das aus gediegenem Schmiedeeisen war und zehn Ochsen standhalten konnte.

Der alte Vogt inmitten einer Herde Mähnenschafe, ein Lamm in seinen Armen, das Mutterschaf lehnt friedlich an seinem Bein, ein Widder mit geschwungenen Hörnern knabbert am Saum seiner Jacke – so könnte ein Bildhauer ihn in Stein meißeln, ohne der Wahrheit einen Zwang anzutun.

Man kann sich nun denken, wie ihm zumute war, als Hans das Nilpferd zu Wurst verarbeiten wollte. Er meinte, das ginge nicht, weil die Behörden das nicht genehmigen würden, und wenn das dumme Gerede nicht bald ein Ende hätte, bekäme er vor Aufregung bestimmt einen „Herzempfang". Ich erspare mir die Übersetzung. Der Leser wird sie selbst vornehmen können. Was der alte Vogt zu meinen pflegte, wenn er eine seiner kuriosen Wortschöpfungen gebrauchte, blieb der Phantasie seiner Zuhörer überlassen. Er war der hilfsbereiteste und zuvorkommenste Mensch in unserem Kreis – die Kameradschaft in Person. Trotz seiner fortgeschrittenen Jahre kehrte er niemals sein Alter unangenehm heraus. Er war sich für keine Arbeit zu schade und packte zu wie ein Junger. Seinen Beruf übte er mit Stolz aus, und nie sah man ihn auf der Arbeit ohne seine grüne Uniform. Seine einzige auffallende Eigenheit war, mitunter Wörter zu gebrauchen, die in keinem Wörterbuch zu finden waren. Hatte er mit der Aussprache eines Wortes Schwierigkeiten, wandelte er es einfach um in eins, das leichter über seine Lippen ging. Seine rätselhaften Silben ließ er so ungezwungen und selbstbewußt fallen, daß nicht der geringste Zweifel an ihrer Rechtmäßigkeit aufkam.

Zur Bewältigung unserer bevorstehenden Aufgabe brauchten wir eine stabile Kiste, und so hatten wir uns auf dem Wirtschaftshof versammelt, den eine verkehrsreiche Straße vom Zoo trennte. Im dortigen Kistenlager – einer zweigeschossigen, scheunengroßen Holzhalle, die auf einer Seite offen war – gab es einen wahren Schatz an Kisten: kleine für Spitzmäuse, große für Giraffen und solche für alle Zwischengrößen, hölzerne, blechbeschlagene, rechteckige, hochkantige, flache, gepolsterte, nagelneue, morsche. Der Vorarbeiter hieß uns in dieser Fundgrube eine geeignete, aber sonst nicht näher beschriebene Kiste suchen, wobei wir das obere Geschoß bei unserer Suche ausklammern sollten, weil dort keine Objekte untergestellt wären, die für unseren Zweck in Betracht kämen.

Wir schwärmten aus wie die Bienen und durchstöberten jede Ecke und jeden Winkel des Erdgeschosses. Nach einigen Minuten fruchtlosen Bemühens stieß ich auf eine Kiste, von der ich restlos überzeugt war, daß sie das Zweckmäßigste und Vollkommenste war, was je für den Transport eines tonnenschweren Organismus geschaffen wurde. Ich war mächtig stolz auf meinen Fund, und mein in luftigen Höhen schwebendes Selbstbewußtsein ließ mich einen Vorschuß nehmen auf das Lob, das ich in meinem Hochmut erwartete. „Hierher. Ich hab' sie!" rief ich mit der festen Stimme eines Eroberers, der soeben einen neuen Kontinent entdeckt hat. Die anderen eilten auch sofort herbei. Aber statt Lobeshymnen auf mich zu singen, die ich bereit war, mir gnädig anzuhören, brachen sie in ein demütigendes Gelächter aus, das meine Zuversicht aufs heftigste erschütterte. Doch es kam noch schlimmer. Über dem angegrauten Haarschopf des Vorarbeiters braute sich ein Gewitter zusammen, und schon sandte er Blitz und Donner auf mich herab und ließ einen Wolkenbruch von Schimpfwörtern und Schmähungen auf mich regnen.

„Sakrament noch mal", donnerte er in tiefem Baß, „wer hat dich geheißen, Brennholz zu suchen? Ich kann mich nicht erinnern, daß wir einen Ofen heizen wollten." Und dann ein bißchen leiser: „Du mußt noch eine Menge lernen, du Naseweis, ehe du den Ton angeben kannst."

Mein Selbstbewußtsein stürzte ein wie ein Kartenhaus, um nicht zu sagen, ich war am Boden zerstört. Zutiefst verletzt zog ich mich auf die Trümmer meiner zerschmetterten Ehre zurück und haderte mit dem Schicksal. Was konnte ich dafür, daß das Holz der Kiste, die ich ausgesucht hatte, wurmstichig wie ein fauler Apfel war und ihr Boden im Begriff stand, sich selbständig zu machen? Hätte sich der Vorarbeiter nicht präziser ausdrücken können, um mich vor solcher Tücke zu bewahren? Ich wünschte, eine

Riesenschlange würde ihn erwürgen. Auf mich konnte er jedenfalls nicht mehr zählen, ich war schließlich Bürger eines freien Landes. Meine Mitarbeit beschränkte sich von jetzt an darauf, die Hände tief in den Hosentaschen zu vergraben, wann immer es ging. Sollten die anderen sehen, wie sie ohne mich zurechtkamen. Ich hatte mich immerhin schon nützlich gemacht, was man von ihnen nicht behaupten konnte.

Ungefähr zwei Minuten hatte ich mich erfolgreich vor der Arbeit gedrückt, als aus dem Obergeschoß die Stimme einer gequälten Kreatur zu uns drang, die dem ganzen Universum jammernd ihr Leid klagte. Natürlich wollten wir wissen, was los war, und strömten sogleich von allen Seiten herbei. Wir trafen uns an der Treppe und stiegen im Gänsemarsch die Stufen hinauf. Oben angekommen, fanden wir Dirk, der seinen blonden Schädel massierte, auf dem sich bereits eine hübsche Beule abzuzeichnen begann.

„Was ist passiert?" bestürmten wir ihn.

„Hab' mir den Kopf an dem verdammten Balken da gestoßen", antwortete er uns.

Als wir Dirk fragten, was er hier oben verloren habe, war er sichtlich überrascht und meinte:

„Nanu! Ich wollte doch nur mal rauf auf eine Kiste, um mir einen Überblick zu verschaffen. Kam mir gleich komisch vor."

Der Ärmste – er war stark wie ein Bär, aber so blind wie ein Maulwurf und schien die Treppe mit einem Stapel Kisten verwechselt zu haben. Immerhin, mit dem Balken behielt er recht. In Anbetracht seiner Kurzsichtigkeit grenzte das an ein Wunder.

Über Dirks chronische Augenschwäche erzählte man sich folgende Anekdote: Einmal wurde er zum Saubermachen auf die Giraffenanlage geschickt. Er tat dies zum ersten Mal und wußte nichts von Otto, dem sechs Meter großen Giraffenbullen, und dessen Angewohnheit, die Tauglichkeit seiner tellergroßen Hufe und knochenharten Stirnzapfen an unliebsamen Eindringlingen und lästigen Störenfrieden zu testen. Wenige Wochen zuvor erst war ihm ein Elenantilopenbulle in die Quere gekommen. Er wog soviel wie ein Mastochse, was ihn jedoch nicht daran hinderte, wie ein Vogel durch die Luft zu fliegen, nachdem Otto ihn mit seinem Kopf leicht angetippt hatte. Er kam nach acht Metern mit zerschmettertem Schulterblatt wieder herunter und war nur noch als Löwenfutter zu gebrauchen. Der Kollege, der Dirk zu den Giraffen beordert hatte und Ottos Tücken kannte, hatte vergessen, Dirk zu warnen. Plötzlich fiel es ihm ein. Mit Riesenschritten eilte er zu der Anlage, um das Schlimmste zu verhüten. Aber es war bereits zu spät. Er konnte Dirk nur noch zurufen:

„Paß auf! Da! Otto!"

„Wer? Wo?" fragte Dirk gelassen.

Dem Kollegen verschlug es die Sprache, und als er sie wiedergefunden hatte, schrie er:

„Menschenskind, der Giraffenbulle – genau über dir!"

Dirk schaute seelenruhig nach oben, bemerkte aber nur, daß sich eine Wolke vor die Sonne geschoben hatte. Trotzdem hörte er auf den entsetzten Kollegen und ging ein paar Schritte beiseite. Sogleich wurde es heller. Er glaubte, die Wolke habe sich verzogen, doch in Wirklichkeit war er unter Ottos Bauch hervorgetreten.

Nach dem, was ich soeben mit eigenen Augen und Ohren gesehen und gehört hatte, zweifelte ich nicht im geringsten am Wahrheitsgehalt dieser Geschichte; sie schien mir sogar stark untertrieben. Dirk, der seine extreme Kurzsichtigkeit hinter zolldicken Gläsern versteckte, blinzelte wie ein Uhu ins helle Tageslicht, und man konnte ihm direkt ansehen, wie schwer es ihm fiel, die Quelle der Schadenfreude aufzuspüren, die ihm – gehässig wie wir waren – von unserer Seite entgegensprudelte.

Da wir uns nun allesamt im Obergeschoß befanden, schauten wir uns dort auch gleich ein bißchen um. Es waren hier tatsächlich nur Kisten von geringer Größe untergestellt, mit denen wir nichts anfangen konnten. Bis auf eine. Sie stand in der Mitte des Raumes und überragte alle anderen majestätisch wie die Cheopspyramide eine Ansammlung von strohgedeckten Lehmhütten. Wir wußten auf Anhieb: Das ist unsere Kiste. Sie war aus massivem Kiefernholz gefertigt und so gut wie neu – die einzelnen Bretter vier bis fünf Zentimeter stark, die Eckverbindungen solide, von Winkeleisen umgeben, der Boden mit Zinkblech ausgeschlagen, dazu ideale Maße, kurzum: einem Nilpferd gleichsam auf den Leib gezimmert. Aber was das beste war, sie stand im oberen Geschoß der Halle, wo sie der Vorarbeiter nicht vermutet hatte!

Hat man auch nur eine blasse Ahnung von meinem Triumph? Eben noch eine tragische Figur der Weltgeschichte, war mir durch Gottes unermeßliche Güte und Gnade Genugtuung beschieden. Mir war es vergönnt zu erfahren, daß auch der Vorarbeiter nur ein Mensch war. Er hatte sich geirrt – und wie. Ich war glänzend gerechtfertigt und nahm Abstand von meinem Vorsatz, ihn in einen Kessel mit siedendem Öl zu tauchen, sobald ich über genügend Macht und Einfluß verfügte. Die Welt erschien mir nicht mehr, wie noch vor wenigen Minuten, in Finsternis gehüllt und von Kräften beherrscht, die nur darauf aus waren, mir eins auszuwischen. Es war wieder eine Lust zu leben.

Darum war es nur allzu verständlich, daß der Vorarbeiter die Leute, die die Kiste hier heraufgeschleppt hatten, Schwachköpfe nannte und sie aus Leibeskräften verfluchte, während ich diese liebenswürdigen Personen hätte umarmen können. Merkwürdig war nur, daß die anderen nicht mit mir einer Meinung waren, sondern auch sie jene Menschen, die ich für meine Wohltäter hielt, als ausgemachte Trottel bezeichneten. Das verstand ich zunächst überhaupt nicht. Aber als wir die Kiste anhoben, um sie nach unten zu tragen, begann ich zu begreifen: Sie hatte ein enormes Gewicht und war kaum von der Stelle zu bewegen. Mir kam es vor, als ob der voluminöse Leib eines Nilpferdes bereits Einzug in sie gehalten hätte. Alle drei Meter mußten wir sie absetzen und eine Verschnaufpause einlegen. Wir schafften es bis zur Treppe. Von da ab war es ein Kinderspiel.

Zu der Treppe muß ich sagen, daß sie ursprünglich als Abhang für Gemsen konstruiert worden war. Jedenfalls wurde das behauptet. Sehr bald erkannte man jedoch, daß der Abhang selbst für diese geübten Kletterer etwas zu steil geraten war. Nach Bergen von toten Gemsen, die sich an ihm das Genick gebrochen hatten, suchte man deshalb für ihn eine andere Verwendung. Das war nicht schwer, weil gerade eine Treppe für das Kistenlager gebraucht wurde, und so verband er nun in der Halle Erd- und Obergeschoß in idealer Weise.

Wir gedachten, aus diesem architektonischen Wunderwerk Kapital zu schlagen, indem wir uns das Gefälle zunutze machten. Wenn wir die Kiste ein Stück über das Treppenende schoben, konnten wir sie nach vorne kippen und langsam die Treppenstufen hinuntergleiten lassen. Hans, Dirk und Hein sollten an der linken Seite der Kiste, der Vorarbeiter, Paul, der alte Vogt und ich an der rechten der Schwerkraft entgegenwirken. Uns an der Vorderseite zu postieren, wie es nahelag, waren wir nicht todesmutig genug.

Wir machten uns also ans Werk. Teil eins unseres Plans, die Kiste über das Treppenende zu bugsieren, bereitete uns keinerlei Schwierigkeiten. Teil zwei, sie hinten hochzuhieven, ging spielend. Teil drei war erst recht kein Problem, weil das Ungetüm von Kiste uns zur Hilfe kam. Bei einem Neigungswinkel von fünfundvierzig Grad machte sich das Monster selbständig, sauste die Treppe hinab und schlug uns, die wir folgten, um Längen. Bezüglich jener Kapazitäten, die so intelligent waren, die Kiste im Obergeschoß zu deponieren, änderte ich meine Meinung von Grund auf.

Der Lärm, den der herunterpolternde Koloß verursacht hatte, lockte unausbleiblich Zaungäste an. Aus der Betriebswerkstatt, die sich ganz in der Nähe befand, traf eine Abordnung von Handwerkern bei uns ein. Maurer, Schlosser, Weißbinder und Schreiner hatten je einen Mann zur Berichterstattung entsandt.

Die vier Reporter waren sehr enttäuscht, uns noch am Leben zu finden. Sie hatten so inständig das Gegenteil erhofft. Was sollten sie jetzt ihren vor Neugier platzenden Zunftgenossen berichten? Ihrer Reportage würde die Würze fehlen wie der sprichwörtlichen Suppe das Salz. Nicht einmal mit ein paar handfesten Knochenbrüchen konnten sie aufwarten. Wir bedauerten das unendlich und versprachen ihnen, es beim nächsten Mal besser zu machen. Einstweilen, so schlugen wir vor, könnten sie uns vielleicht beim Aufrichten der umgestürzten Kiste behilflich sein – sofern das mit ihrem Gewissen vereinbar wäre und nicht gegen ihre Berufsehre verstoße. Sollten sie gar die Freundlichkeit besitzen, den darniederliegenden Giganten in Augenschein zu nehmen und sich herablassen, ein fachmännisches Urteil über seinen Zustand abzugeben, so wollten wir ihrer großmütigen Tat ewig gedenken. Hierauf folgte eine kurze, aber heftige Aussprache über die jeweiligen Kompetenzen, in deren Verlauf es uns gelang – unter Hinweis auf das übergeordnete Wohl –, die Gegenpartei von unseren Argumenten zu überzeugen. Die Vertreter des Handwerkerstandes verstiegen sich in ihrer

Hilfsbereitschaft sogar so weit, daß sie uns den Vorschlag unterbreiteten, die Kiste – die übrigens nur ein paar Kratzer abbekommen hatte – mit vereinten Kräften vor die Halle zu tragen. So geschah es. Wir stellten jedem unserer Helfer ein Freibier in Aussicht und schieden als Brüder.

Nach diesem für beide Seiten zufriedenstellenden Ergebnis fühlten wir uns zur Frühstückspause berechtigt. Die zähe Verhandlung mit den Kollegen vom Handwerk hatte uns unsere letzten Reserven gekostet, und ohne die Zufuhr von neuen Energien war an eine Fortführung unserer Arbeit nicht zu denken.

An dieser Stelle sollte ich vielleicht erwähnen, daß, wenn ich von „wir" spreche, nicht unbedingt auch von meiner Person die Rede ist. Es könnte sonst leicht der Eindruck entstehen, ich wäre an allen Beschlüssen beteiligt gewesen, während ich mich in Wahrheit bei wichtigen Entscheidungen herauszuhalten hatte.

Als es darum ging, wann gefrühstückt werden sollte, wurde ich nicht nach meiner Meinung gefragt, woraus man ersehen kann, welch einen hohen Stellenwert das Frühstück besaß. Ich hatte lediglich die Bestellungen entgegenzunehmen, um das Nötige zu besorgen – eine Aufgabe, die meine ganze Aufmerksamkeit erforderte, denn meine Auftraggeber redeten alle zur gleichen Zeit und bombardierten mich geradezu mit ihren Wünschen. Hans wollte ein Viertel Fleischwurst, warme versteht sich, und zweihundert Gramm Aufschnitt. Stopp! Keinen Aufschnitt. Dafür von der Fleischwurst ein halbes Pfund. Außerdem zwei Brötchen und eine Gewürzgurke. Hein hingegen verspürte Appetit auf einen Haspel, aber nur für den Fall, daß der Leberkäse ausgegangen war. Gäbe es indessen Frikadellen, so nähme er zwei davon statt des Haspels. Ach ja, und noch eine Packung Zigaretten, von der und der Sorte, die ohne Filter. Und schon drückte mir Hans einen ausgefüllten Lottoschein in die Hand und meinte, den solle ich für ihn abgeben, da ich ohnehin Zigaretten hole; es sei ein Weg. Dirk, Paul und der alte Vogt verlangten ebenfalls nach Wurst und Brötchen. Ferner nach Schweizer Käse, Rollmöpsen und einer Tube Senf. Dazu die Getränke: ein Kasten Selterswasser, ein Faß Bier, ein Tankwagen Limonade. Demgegenüber nahmen sich die Wünsche des Vorarbeiters geradezu bescheiden aus. Ich sollte ihm bloß eine Tageszeitung besorgen und zwei Oberhemden aus der Reinigung abholen. Währenddessen mußte ich das Einkaufsgeld in Empfang nehmen, von jedem einzeln, sechs verschiedene Beträge – und natürlich nicht abgezählt.

Mir schwirrte der Kopf. Wie sollte ich das alles behalten, ohne einen Notizblock? Daß mir für die Besorgungen eine Ewigkeit zur Verfügung stand, nämlich volle zehn Minuten, erleichterte die Sache auch nicht gerade, zumal der Vorarbeiter versprach, mich füsilieren zu lassen, falls ich in der gesetzten Frist nicht zurück wäre. Man wird verstehen, daß ich mich unter diesen Umständen unverzüglich auf die Socken machte.

Wie beneidete ich in diesem Augenblick die Schauspieler, die Meister im Auswendiglernen. Wenn ich wenigstens einen Souffleur gehabt hätte, der mir das Entfallene hätte zuflüstern können. An die Strecke, die ich laufen mußte, wagte ich gar nicht zu denken. Wäre ich imstande gewesen, sie in der vorgeschriebenen Zeit zurückzulegen, ich würde mich nicht mit dem Los eines Dienstboten, der einen Despoten zum Herrn hat, begnügt haben, sondern hätte als Leichtathlet an den Olympischen Spielen teilgenommen. Ich erwähne dies in der Hoffnung, daß die Nachwelt über mich ein gerechteres Urteil fällt als meine Kollegen. Sie schenkten mir zwar das Leben, aber nur um mich noch schlimmer zu strafen.

Wessen beschuldigten sie mich? Ich hatte ein paar unwichtige Kleinigkeiten vergessen und war mit einem Tag Verspätung eingetroffen, nach ihrer Zeitrechnung wohlgemerkt, die nur insoweit mit den Tatsachen in Übereinstimmung zu bringen war, wenn man ihr nicht den Gregorianischen Kalender zugrunde legte; auf meiner modernen Armbanduhr betrug die Verzögerung zwanzig Minuten oder so. Hans faßte die Kritik an meiner Person mit der knappen Bemerkung zusammen:

„Senf und Gurken haben wir. Wenn wir jetzt noch die Wurst dazu hätten, könnten wir endlich frühstücken."

Seine Worte stachen wie Nadeln in mein empfindsames jugendliches Herz, das noch nicht mit Panzerplatten gegen die Ungerechtigkeit der Welt abgeschirmt war. Ich kam mir vor wie ein unschuldig Verurteilter, den lebenslange Haft erwartet. Ich war ein Opfer selbstherrlicher Justiz, und nur der eine Gedanke, meinen Fall noch einmal zur Sprache zu bringen, um der Gerechtigkeit zum Sieg zu verhelfen, hielt mich aufrecht. Ich erkühnte mich, Berufung einzulegen, stieß damit jedoch bei meinen Richtern nur auf eisernes Desinteresse und sture Gleichgültigkeit. Diese Haltung konnte ich ihnen nicht einmal verübeln, denn es erforderte äußerste Konzentration und eine künstlerische Begabung, um aus den Lebensmitteln, die ich eingekauft hatte, ein genießbares Frühstück zusammenzustellen. Nicht jeder besaß die prophetische Gabe des Vorarbeiters, der das Malheur hatte kommen sehen und auf eine Tasse Kaffee zu einer der Sekretärinnen aus der Verwaltung gegangen war.

Ich schlich mich wie ein geprügelter Hund davon und zog mich in eine stille Ecke zurück. Hier hoffte ich bei meinen von zu Hause mitgebrachten Butterbroten Trost zu finden, brachte aber keinen Bissen herunter, zu schwer lastete das Unrecht auf meiner Seele. Außerdem war ich es nicht gewohnt, mein Essen allein einzunehmen. Die Einsamkeit bekam mir noch schlechter als die Gesellschaft meiner Kameraden. Diesem unerträglichen Zustand beschloß ich ein Ende zu machen. Nach meinem kurzen Debüt als Einsiedler suchte ich wieder Anschluß an die Menschheit.

Ich machte mit Paul den Anfang. Er hockte abseits auf einem umgestülpten Eimer und rauchte eine Zigarette. Ich ging zu ihm und fragte ihn, ob ich mich zu ihm setzen dürfe. Er nickte, ohne aufzublicken, worauf ich schüchtern zu seinen Füßen Platz nahm. Ich war ihm für sein Wohlwollen unendlich dankbar, auch wenn er weiter keine Notiz von mir nahm. Hinter seinem unergründlichen Schweigen vermutete ich tiefe Weisheit, die ihn weit über mich erhob. Ich war bereit, mein letztes Hemd mit ihm zu teilen, wenn er sich trotz seiner überirdischen Größe dazu herabließ, ein paar Worte mit mir zu wechseln. Aber sein Mund blieb verschlossen. Sein glasiger Blick ruhte auf dem Fußboden, und mit jedem Zug an seiner Zigarette schien er dem Nirwana ein Stück näher zu kommen. Erst als ich ihm eine Tasse heißen Tee aus meiner Thermosflasche anbot, wurde er gesprächig.

Der Duft von Doppelkorn stieg mir in die Nase, als er sich für den Tee, den er gierig schlürfte, bei mir bedankte. Seine Schnapsfahne und die Hast, mit der er trank, verwirrten mich. Beides paßte nicht in das Bild, das ich mir von ihm machte. Meine Unerfahrenheit und meine romantische Veranlagung waren jedoch groß genug, um den aufkommenden Zweifel im Keim zu ersticken. Das Leben mußte ihm übel mitgespielt haben – anders konnte ich es mir nicht erklären, daß er schon am frühen Morgen zur Flasche griff. Und so war es in der Tat, wie ich von ihm erfuhr. Mit sicherem Instinkt fand er in mir einen Menschen, dem er seine Lebensgeschichte erzählen konnte. Weniger Leichtgläubige würden sie ihm nicht so ohne weiteres abgenommen haben, wie ich es tat.

Er redete in abgehackten, unvollständigen Sätzen und dazu so undeutlich, daß ich Mühe hatte, ihm zu folgen. Wie er mir sagte, sei er der letzte Sproß eines alten russischen Adelsgeschlechts. Nach der Revolution habe seine Familie ihren gesamten Besitz verloren. Seine Angehörigen wurden erschossen oder nach Sibirien deportiert; nur seinen Eltern glückte die Flucht. Sie emigrierten nach Frankreich, wo er seine Kindheit und Jugend verbrachte (das erklärte sein holpriges Deutsch und seine schlechte Aussprache). Er war zehn, als sich sein Vater das Leben nahm; gesellschaftlicher Abstieg und finanzieller Ruin hatten ihn dazu getrieben. Seine Mutter, mittellos und nun ganz auf sich allein gestellt, warf sich einem exzentrischen Baron an den Hals, dem sie half, sein Vermögen auf der Pferderennbahn und in Nachtklubs durchzubringen. Von heute auf morgen verschwand sie mit ihm. Es war an seinem zwölften Geburtstag, wie er sich genau zu erinnern wußte. Er hörte nie wieder etwas von ihr. Danach kam er zu Pflegeeltern. Seine Ziehmutter, eine strenggläubige Katholikin, deren Mann, Rektor eines Gymnasiums, sie mit einer jüngeren betrog, und die daher wußte, wie sündig das Fleisch ist, verprügelte ihn fast täglich, egal, ob er etwas angestellt hatte oder nicht. Mit vierzehn brannte er von zu Hause durch und schloß sich einem Wanderzirkus an, der gerade am Ort weilte. Er schlug sich als Stallbursche durch, bis zu dem Tag, als er einen entflohenen Bengaltiger in seinen Käfig zurücktrieb. Von da an ging er bei dem dortigen Dompteur in die Schule. Dieser war ein Meister seines Faches. Dennoch wurde er eines Tages von einem Löwen zerfleischt. In seinem Testament hatte er ihn, seinen Schüler, als Erben eingesetzt. Das war der Beginn einer sagenhaften Karriere. Bestimmt hätte ich schon von dem „Großen Boris", dem berühmten Raubtierdompteur, gehört; unter diesem Künstlernamen sei er aufgetreten (ich gab vor, mich an den Namen zu erinnern, obwohl er mir nicht bekannt war, und schämte mich wegen meiner Unwissenheit). Er war in allen großen europäischen Städten aufgetreten, mit Ausnahme denen Rußlands – die späte Rache für die seiner Familie angetane Schmach. Das Publikum lag ihm zu Füßen. Zum ersten Mal in der Geschichte des Zirkus führte er Löwen und Eisbären gemeinsam in der Manege vor. Eine Tournee durch Amerika war geplant. Da starben seine Tiere unter mysteriösen Umständen. Der Fall wurde nie aufgeklärt. Aber für ihn stand fest, daß der Sohn des Zirkusdirektors – der ihm seine Braut, eine bildschöne Tänzerin, ausspannen wollte – seine kostbaren Tiere vergiftet hatte. Er war am Ende, weil sie nicht versichert waren. Seine Braut verließ ihn und heiratete seinen Nebenbuhler. Aus Kummer ergab er sich dem Alkohol. Seinen Lebensunterhalt verdiente er sich mit Gelegenheitsarbeiten. Dem puren Zufall sei es zu verdanken, daß ihm nach Jahren der Entbehrung und Erniedrigung unser Direktor über den Weg gelaufen war, der ihn von früher kannte. Er hatte ihm die Arbeit im Zoo verschafft und ihm den Posten des Inspektors versprochen, sobald dieser frei werden würde.

Ich war tief erschüttert. Was hatte dieser arme Mann alles durchgemacht, welche Niedertracht erlebt, welche Not erlitten. Was waren meine Sorgen gegen seine? Verglichen mit ihm, war ich ein Hans im Glück.

Eine kleine Welt brach für mich zusammen, als ich später dahinterkam, daß er ein Schwindler war. Er hatte vordem nichts anderes getan, als in einer Markthalle Obst und Gemüse zu verladen. Im Ausland war er zu keiner Zeit gewesen, und mit Tieren hatte er nie zu tun gehabt, außer mit Rollmöpsen, die er leidenschaftlich gerne aß und auf die er an diesem Morgen wegen mir verzichten mußte. Der Stoff für seine Geschichte war melodramatischen Filmen entnommen, von denen er Unmengen gesehen hatte. Er trug sie Grünschnäbeln wie mir vor und hatte sie schon so oft zum besten gegeben, daß er schließlich selbst daran glaubte.

Nach dem Frühstück waren wir bester Laune – die ausgefallene Kost hatte kein Menschenleben gefordert; unsere erschlafften Körper waren gestärkt, unsere Lebensgeister zurückgekehrt, und in unseren Gemütern nisteten weiße Tauben mit Palmenzweigen in den Schnäbeln. Wir fühlten uns in der Lage, einen Berg zu versetzen, wenn es sein mußte, einen Achttausender. Leider war augenblicklich keiner zur Hand, und nicht einmal an der Kiste konnten wir unsere überschüssigen Kräfte auslassen, weil meine Kollegen sie während meines Einkaufsbummels bereits zum Weitertransport auf ein Fahrzeug geladen hatten – was mir deutlich vor Augen führte, wie unersetzlich ich war. Vorläufig blieb uns nichts anderes zu tun, als Däumchen zu drehen und Löcher in die Luft zu gucken, eine Tätigkeit, in der wir es zur Vollkommenheit brachten.

Ich inspizierte inzwischen das Fahrzeug, das mich unwiderstehlich anzog wie ein Magnet einen Eisenspan. Vorn auf dem Kühlergrill prangte in blitzendem Chrom der Name *Eidechse*, wenngleich das Gefährt keinerlei Ähnlichkeit mit diesem Tier hatte, sondern auf mich eher den Eindruck einer behäbigen Wegschnecke machte, vor allem wegen der zwei schwarzen Hebel, die gleich Fühlern zu beiden Seiten des Fahrersitzes aufragten. Es waren Steuerknüppel, mit denen man das Fahrzeug wie einen Panzer durch Bremsen nach links oder rechts dirigieren konnte, je nachdem welchen Knüppel man betätigte. Auf dem rechten saß außerdem oben ein kleiner Druckknopf, mit dem man eine markerschütternde Hupe in Betrieb setzen konnte, die das Fahrzeug schon von weitem ankündigte und alles, was laufen konnte, auf die Bäume trieb. Der gepolsterte Fahrersitz bot zwei Personen Platz sowie Gelegenheit, sich den Launen des Wetters auszusetzen, denn die Konstrukteure hatten auf einen solchen unerhörten Luxus wie eine Windschutzscheibe, ein Dach und Türen verzichtet. Die Karosserie war rot lackiert und bildete einen hübschen Kontrast zur silbrigen Ladefläche, die blitzte und blinkte wie ein Spülbecken aus der Fernsehwerbung. Obwohl sie mühelos Zentnerlasten fortbewegen konnte, war die *Eidechse* anspruchslos und gab sich mit ein paar Litern Dieselöl zufrieden.

Der Vorarbeiter fuhr sie mitsamt der Kiste auf eine Lkw-Waage, um das Leergewicht zu ermitteln. Eigentlich sollte die Kiste auf unseren Lastwagen geladen werden, aber unser Fahrer war mit ihm noch unterwegs, und es war ungewiß, wann er eintreffen würde. Später mußte die Kiste dann noch einmal gewogen werden, zusammen mit dem eingefangenen Nilpferd und dem Lastwagen. Die Differenz zwischen dem Gesamtgewicht und dem Gewicht der Kiste und des Lastwagens ergab dann das Gewicht unseres Nilpferdes. Trotzdem war dieses Verfahren immer noch leichter, als das Nilpferd direkt auf die Waage zu stellen.

Ich wurde mit der ehrenvollen Aufgabe des Wiegens betraut. Der Vorarbeiter gab mir eine ausführliche Anleitung, nach der auch ein durchschnittlich begabter Schimpanse nichts mehr falsch machen konnte. Ich ging behutsam und umsichtig zu Werke, denn ich wollte mich nicht noch einmal unsterblich blamieren. Mit der Pedanterie eines Goldgräbers, der seine Ausbeute wiegt, zog und drehte ich an einem Rad, bis sich vor mir in einem Glasgehäuse zwei rote Markierungen genau gegenüberstanden. Während ich die Markierungen fixierte, als entschieden sie über Leben und Tod, und aufpaßte, daß sich das Rad keinen Millimeter bewegte, steckte ich eine Karte in einen Automaten zu meiner Linken. Kaum hatte er die Karte geschluckt, erwachte der Automat zum Leben, klopfte und hämmerte wie eine Schar Heinzelmännchen nach Sonnenuntergang. Als der Lärm in seinem Inneren verklungen war, zog ich die Karte heraus, auf der das Gewicht eingestanzt war – aber nur das in Tonnen. Ich mußte den Vorgang für Zentner und Kilogramm noch zweimal wiederholen, bevor das genaue Gewicht feststand und der Vorarbeiter mir wohlwollend zunickte. Ich glaube, Einstein war von seiner Relativitätstheorie nicht halb so eingenommen wie ich von meiner Leistung. Ich platzte fast vor Stolz.

Mit dem Wiegen der Kiste waren die Formalitäten erledigt und wir konnten endlich losfahren. Ich durfte auf dem Sitz hinter dem Vorarbeiter Platz nehmen, zum Lohn für meine geschickte Handhabung der Waage. Von meiner behaglichen Position schaute ich mit neugewonnenem Selbstvertrauen herab auf meine bedauernswerten Kollegen, die das Fahrzeug zu Fuß begleiteten.

Wir verließen den Wirtschaftshof und überquerten die belebte Straße, die zwischen ihm und dem Zoo verlief. Autofahrer und Passanten bestaunten die seltsame Karawane, die an ihnen vorüberzog. Es gelang uns, in weniger als einer Minute den Verkehr lahmzulegen. In beiden Fahrtrichtungen gab es einen prächtigen Stau. Unter den Fahrzeugen, die wir an der Weiterfahrt hinderten, war auch eine Straßenbahn. Das freute mich ganz besonders, weil es die Linie war, mit der ich täglich zur Arbeit fuhr. Sie hielt sich nie an den Fahrplan, sondern kam regelmäßig zu früh oder zu spät. Manchmal kam sie auch gar nicht. Ihretwegen mußte ich jeden Morgen eine halbe Stunde früher aufstehen. Sie war außerdem der Meinung, daß ich zu wenig Bewegung hätte, weshalb sie mich häufig zwang, hinter ihr herzulaufen. Jetzt war die Gelegenheit, es ihr heimzuzahlen. Ich wollte den Vorarbeiter darum bitten, den Fuß vom

Gaspedal zu nehmen, damit wir den Verkehr noch länger aufhielten. Aber das war gar nicht nötig, weil er wegen des Kopfsteinpflasters, über das wir holperten, ganz von allein das Gas wegnahm. Was für eine Freude! Von mir aus hätten wir die Straße den ganzen Tag blockieren können, aber leider war das nicht möglich, weil unser Nilpferd nicht so lange warten konnte.

Unsere Karawane zog gemächlich weiter, bis uns ein Tor den Weg versperrte. Zu beiden Seiten des Tores erstreckte sich eine zwei Meter hohe Ziegelsteinmauer, hinter der das sagenumwobene Land meiner Träume mit tausend Abenteuern lockte. Dirk versuchte das Schloß zu öffnen und fand das Schlüsselloch tatsächlich vor Einbruch der Dunkelheit, nachdem er alle Schlüssel, die er an einem dicken Schlüsselbund mit sich führte, nacheinander an den hundert Ritzen und Spalten des Tores ausprobiert hatte.

Sobald wir das Tor passiert hatten, befanden wir uns in einer anderen Welt, einer Welt voller Wunder und Geheimnisse. Entfernungen wurden bedeutungslos, der Erdball war auf eine handliche Größe zusammengeschrumpft und konnte, je nach Interesse und Gemütslage, in einer Stunde oder einem Tag zu Fuß umrundet werden. Wir reisten von Pol zu Pol, jagten von Kontinent zu Kontinent, schneller als in einem Düsenflugzeug. Eben sahen wir noch Eisbären in arktischen Gewässern mit leeren Bierfässern spielen, und schon wenig später empfingen uns in der afrikanischen Savanne Löwen mit schaurigem Gebrüll.

Vielen fremden Menschen begegneten wir. Die meisten waren uns wohlgesonnen. Oft gingen sie in ihrer Freundlichkeit so weit, daß sie uns zu Hunderten umringten und mit Fragen überschütteten. Fünfhundertmal hörten wir „Wohin geht es?" und tausendmal „Was ist in der Kiste?"

Und eintausendfünfhundertmal zuckten wir mit den Achseln. Die Höflichkeit verbot uns, die Begeisterung der Leute zu dämpfen und sie einfach über den Haufen zu fahren. Wir mußten anhalten und eine Verzögerung nach der anderen in Kauf nehmen. Mehr als einmal wurde es unserem Vorarbeiter zu bunt und er gebrauchte die einzige Waffe, die wir bei uns hatten, die Hupe, um die Scharen auseinanderzutreiben. Einige Hitzköpfe erwiderten die Feindseligkeiten, indem sie ihre Photoapparate zückten und Bilder von uns schossen, die sie zu Hause ihren Freunden und Verwandten als Kriegsbeute zeigen konnten.

Der einzige, den der Andrang nicht störte, war Hein. Im Gegenteil, je mehr Leute uns im Weg standen, um so besser. Er ließ keine Gelegenheit aus, die uns belagernden Völker mit seinen Tätowierungen zu beeindrucken. Er kratzte sich am Arm, obwohl es ihn dort nicht juckte, zog seine aufgewickelten Hemdsärmel herunter und krempelte sie dann wieder hoch, blickte auf seine Unterarme, als würde er sie zum ersten Mal sehen, knöpfte sein Hemd auf und schaute nach, ob seine Brust noch da war, und hätte sich wahrscheinlich bis auf die Unterhose ausgezogen, wenn er nicht mit uns hätte Schritt halten müssen.

Erstaunlicherweise kamen wir trotz allem voran. Unaufhaltsam näherten wir uns unserem Ziel. Aus der Ferne hörten wir schon das stoßartige Grunzen der Nilpferde, das mich an eine anfahrende Dampflokomotive erinnerte. Ich fieberte dem Augenblick entgegen, da wir den urwüchsigen Kolossen von Angesicht zu Angesicht gegenüberstehen würden. Aber noch war es nicht soweit. Die gefährlichste Strecke lag noch vor uns, ein Gebiet, in dem böse Geister wohnten. Meine Kollegen hatten mich eindringlich vor ihnen gewarnt und sie mir als eine Horde schwarzer Teufel beschrieben, die schon so manchem tapferen Mann die blanke Furcht ins Herz gejagt hatten. Sie rieten mir, mich in ihrer Gegenwart möglichst unauffällig zu benehmen, am besten, sie völlig zu ignorieren, egal was auch geschehen mochte, nur so könnte ich ihrem Zorn, der von biblischem Format wäre, entgehen.

Zu meiner Schande muß ich gestehen, daß ich angesichts der drohenden Gefahr den brennenden Wunsch verspürte, auf der Stelle umzukehren. Wie erleichtert war ich, als sich die bösen Geister als eine Gruppe von Schimpansen entpuppte, die uns mit lauten Gesängen und wilden Tänzen begrüßte. Diese lustigen Gesellen sollten Böses im Schilde führen? Diese hüpfenden und springenden Schreihälse, die den Rock 'n' Roll hätten erfinden können, wenn es ihn nicht schon gegeben hätte? Ich konnte mir nicht vorstellen, daß jemand Angst vor ihnen hatte, es sei denn, er wäre ein Hasenfuß. Sie waren so menschlich, so liebenswert und nett. Ihre ungezwungene Art hatte etwas Ansteckendes. Meine Zurückhaltung schmolz wie Butter in der Sonne. Vergessen waren die guten Ratschläge, in den Wind geschlagen die Warnungen. In meiner grenzenlosen Einfalt äffte ich sie nach.

Bevor mich meine Kollegen einen Idioten schimpfen und mich mit ihren Blicken vernichten konnten, war die Hölle los. Die Schimpansen, durch meine Künste zur Weißglut gebracht, wirbelten durcheinander wie Kaffeebohnen in einer elektrischen Kaffeemühle, kreischten und schrien, daß Dirks Brillengläser zu zerspringen drohten, und bewarfen uns mit allem Unrat, dessen sie habhaft wurden. Wir zogen die Köpfe ein und beschleunigten unser Reisetempo. Dennoch konnte ich es nicht verhindern, daß mich ein Wurfgeschoß an der Backe traf. Es war das Beste, was der Werfer zu bieten hatte: sein eigener Dreck. Das war die verdiente Strafe für meine Dummheit, obwohl ich das Strafmaß zu hoch fand, im Gegensatz zu meinen

Kollegen, die es für zu niedrig hielten, weshalb sie es durch ihren Spott verdoppelten.

„Was beschwerst du dich?" bemerkte Hans trocken. „Du hast dich nicht nur mit Erfolg wie ein Schimpanse aufgeführt, du hast es auch geschafft, wie einer zu riechen." Die anderen lachten und gaben ihren Senf dazu.

Meine Stimmung war auf dem Nullpunkt. Als wir aus der Gefahrenzone waren, versuchte ich mein Gesicht mit einem Taschentuch zu säubern, aber das Make-up auf meiner Backe war von erlesener Qualität und durch solch eine simple Methode nicht restlos zu entfernen. Mehr als zuvor sehnte ich mich nach den ostafrikanischen Flüssen und Seen, dem Aufenthaltsort der Nilpferde, damit ich ein Bad nehmen konnte. Wie lange noch mußte ich das Dasein eines stinkenden Schweinehirten ertragen? Hatte unsere Reise denn überhaupt kein Ende?

Da endlich, vor uns ein Gewässer! Ach, was sage ich, der Victoriasee!

Seine in der Sonne glitzernde Wasserfläche erstreckte sich bis zum Horizont. Zahllose Wasservögel – Pelikane, Flamingos und andere – bevölkerten seine Ufer. Dunkelhäutige Fischer in schmalen Booten warfen auf ihm ihre Netze aus, und bis zum Bauch standen Elefanten, Büffel und Zebras in seinem Wasser und löschten ihren Durst, genau so, wie ich es von Bildern her kannte.

Ich konnte es nicht mehr abwarten. Ich sprang von meinem Sitz herunter und lief das letzte Stück zu Fuß. Ich hatte die feste Absicht, im See zu baden, auch auf die Gefahr hin, daß Krokodile im Wasser lauerten. Noch ein paar Schritte, und das Ufer war erreicht. Doch halt! Was war das? Wo waren die Vogelschwärme, die Tierherden, die Fischerboote, die klaren, kühlen Fluten, die ich vor Augen gehabt hatte? Wo war mein Victoriasee? Nichts von ihm war zu sehen! Statt dessen starrte ich auf ein Wasserbecken, das die Größe eines durchschnittlichen Swimming-pools hatte und gefüllt war mit einer trüben, von Pflanzen-fasern durchsetzten, bräunlichen Brühe, so daß ich glaubte, vor einem riesigen Kessel mit Krautsuppe zu stehen. Hätte man in die Brühe einen Löffel gesteckt, ich bin sicher, er wäre aufrecht in ihr stehengeblieben, so dick war sie. Zwei Nilpferde schwammen in ihr, und das eine schnaubte und prustete zu meiner Begrüßung, wobei es mittels seines Stummelschwanzes die Krautsuppe quirlte und ihr neue Krautschnitzel hinzufügte. Es versteht sich von selbst, daß ich auf ein Bad verzichtete.

Mittlerweile hatten die anderen zu mir aufgeschlossen. Sie fragten mich, warum ich es so eilig gehabt hätte. Ich verweigerte ihnen trotzig die Antwort. Der alte Vogt war der einzige, der Verständnis für meine Notlage hatte. Er zeigte mir den Weg zu einem Wasserhahn, unter dem ich mich waschen konnte. Ich zögerte keine Sekunde, begab mich zu der genannten Stelle und ward die nächste Viertel-stunde nicht mehr gesehen. Wenn ich ein König gewesen wäre, hätte ich den alten Vogt für seinen Hinweis in den Adelsstand erhoben.

Als ich zu meinen Kollegen zurückkehrte, hatten sie die Kiste bereits abgeladen. Ich kam gerade noch rechtzeitig, um sie zusammen mit ihnen vor die Außentür des Nil-pferdstalles zu tragen, was sie ohne meine Hilfe bestimmt nicht geschafft hätten. Wir stützten die Kiste mit starken Holzstreben ab, die wir am Boden oder an Mauervor-sprüngen verkeilten. Da die Außentür – sie ließ sich mit einer Winde hoch- und herunterkurbeln – breiter war als die Schmalseite der Kiste, nagelten wir die Zwischenräume links und rechts mit Brettern zu.

Außer den beiden Nilpferden, die uns aus ihrem Moor-bad zuschauten, sowie einer Unzahl zweibeiniger Schaulu-stiger, beobachteten uns vier Elefanten, die sich ganz in unserer Nähe aufhielten, nur durch einen schmalen Graben von uns getrennt. Sie verfolgten kritisch unsere Arbeit und taten durch lautes Trompeten und energisches Kopfschütteln ihre Zustimmung oder ihr Mißfallen kund.

Nachdem wir die Kiste so stabilisiert hatten, daß sie dem Erdbeben eines störrischen Nilpferdes standhielt, gingen wir in das Elefantenhaus, wo wir den Elefantenwärter aufsuchten, um mit ihm die nächsten Schritte zu besprechen.

Der Elefantenwärter, Herrscher über drei Nilpferde, vier Elefanten, drei Nashörner sowie ein Dutzend Seelöwen und Robben, war etwa im gleichen Alter wie der alte Vogt und der Vorarbeiter. Mit beiden stand er auf vertrautem Fuße und war per Du mit ihnen. Er führte uns zu dem Stall, in dem das Nilpferd, auf das wir Jagd machten, untergebracht war. Es war ein fast ausgewachsener junger Bulle, der auf den Namen Toni hörte (ich habe den Namen geändert, zu Ehren von Toni, dem Vater dieses wie so vieler anderer Nilpferde). Der Elefantenwärter gab uns eine kurze Beschreibung von Tonis Charakter, die mir Hein freundlicherweise übersetzte, andernfalls hätte ich nichts von dem, was der Elefantenwärter sagte, verstanden, denn wir hatten in der Schule kein Chinesisch. Der Elefantenwärter jedoch sprach chinesisch, und zwar so fließend, daß selbst das Sprachtalent des alten Vogt dagegen verblaßte. Wir erfuhren, daß Tonis Lieblingsbeschäftigung das Fressen war und er es in dieser Beziehung mit jedem Heuschreckenschwarm aufnehmen konnte. Er sei sanftmütig wie ein Lamm – allerdings nur zu seinem Gönner, dem Elefantenwärter. Andere müßten sich vor ihm in acht nehmen.

Offenbar wollte der alte Vogt diese letzte Behauptung auf ihren Wahrheitsgehalt prüfen, denn er trat vor Tonis Stall, um das friedfertige Schäfchen mit dem Gemüt eines bissigen Hundes zu sich zu rufen. Toni wandte sein massiges Haupt dem alten Vogt zu, musterte ihn kurz mit seinen Glupschaugen und klappte dann sein breites Maul bedrohlich auf, daß seine mächtigen Eckzähne zu sehen waren und ich befürchtete, der alte Vogt würde jeden Moment zwischen den kräftigen Kiefern zermalmt werden. Aber nichts dergleichen geschah. Statt dessen streckte der alte Vogt seinen Arm durch die Gitterstäbe und kraulte Toni am Gaumen, obwohl ihn der Elefantenwärter eindringlich davor warnte. Aber die Sorge des Elefantenwärters, Toni könnte den alten Vogt verletzen, weil er für ihn ein Fremder war, war unbegründet. Der alte Vogt war für kein Tier ein Fremder. Sie kannten ihn alle, er war ein Teil von ihnen. Und so tat ihm auch Toni nichts zuleide, sondern fand es sehr angenehm, von ihm im Rachen gekitzelt zu werden, und wäre er eine Katze gewesen, man hätte ihn schnurren gehört.

Das Dogma des Elefantenwärters geriet ins Wanken. Um seine Gültigkeit zu untermauern, holte der Elefantenwärter eine Handvoll Grünfutter, von dem ein ganzer Berg neben der Eingangstür gelagert war, und ging damit in Tonis Stall, wo er das Grünfutter auf dem Boden verteilte. Toni erklärte daraufhin die Gaumenmassage für beendet und ging seinem liebsten Zeitvertreib nach: dem Schmausen. Währenddessen umkreiste ihn der Elefantenwärter wie ein Satellit und gab ihm bald auf diesen, bald auf jenen Körperteil einen freundschaftlichen Klaps.

Ich war von der Leistung des Elefantenwärters tief beeindruckt und wünschte mir, ich könnte das auch. Anscheinend ging es Paul genauso, nur beließ er es nicht bei dem Wunsch, er wollte es dem Elefantenwärter gleichtun. Aber bevor unsere Warnungen ihn erreichten und er auch nur einen Fuß in den Stall setzen konnte, griff Toni ihn an, so daß Pauls Mut zu einem Eisblock gefror und er sich keinen Schritt weiter wagte. Das Dogma des Elefanten-wärters war halbwegs gerettet.

Nun wußten wir, woran wir waren, was wir von Toni zu halten hatten und welche Fangmethoden ausschieden. Zum einen konnte der Elefantenwärter Toni nicht auf den Arm nehmen und in die Kiste tragen – obwohl er theoretisch dazu in der Lage gewesen wäre –, zum anderen war der alte Vogt, dem Toni vermutlich überallhin gefolgt wäre, sogar in die Kiste, viel zu bescheiden, als daß er den Elefantenwärter übergangen und von seinen eigenen Möglichkeiten Gebrauch gemacht hätte. Blieben noch wir anderen. Wir hätten natürlich auf unsere Art versuchen können, Toni davon zu überzeugen, daß sein Platz in der Kiste war, doch es gab weit und breit keinen Baum, auf den wir uns hätten retten können, falls er sich unserer Meinung nicht anschloß. Wir mußten uns also etwas anderes einfallen lassen.

Der Elefantenwärter schlug vor, Toni mit seiner Lieblingsspeise – Kopfsalat – in die Kiste zu locken. Der Vorarbeiter empfahl, Versatzwände einzusetzen, große hölzerne Schilde, in deren Schutz jeweils mehrere Fänger ein Großtier vor sich hertreiben konnten. Dagegen sprach sich jedoch der alte Vogt aus, dem der Gedanke, Gewalt anzuwenden, und sei es auch nur sanfte, unerträglich war, und der es am liebsten gesehen hätte, wenn Toni freiwillig in die Kiste marschiert wäre. Er war deshalb für die Salatmethode, obwohl auch sie schon eine Zumutung für sein weiches Herz war.

Es gab noch eine Reihe weiterer Vorschläge, die ich aber hier im einzelnen nicht aufzählen will. Nur den Plan, den Hans austüftelte, möchte ich kurz erwähnen. Auch wenn er ihn für sich behielt, konnte man ihn an seinem Gesicht ablesen. Sein Blick wanderte begehrlich über Toni, fixierte einzelne Körperpartien, bohrte sich ins Fleisch. In seinen Augen war ein Leuchten, fast unmerklich bewegten sich seine Kiefer. Man sah förmlich, wie er Toni im Geiste vor sich aufbahrte: auf einem gigantischen Silbertablett, gebraten, im Maul einen Kürbis.

Natürlich hatte auch ich eine Idee, doch ich war klug genug, sie für mich zu behalten, denn sie eignete sich eher für ein Drehbuch als für unseren Zweck. Ich überließ es den Experten, sich für eine Methode zu entscheiden, wenngleich ich dem Vorschlag des Vorarbeiters, der mir hinsichtlich des Nervenkitzels vielversprechender erschien, den Vorzug gab. Um so größer war meine Enttäuschung, als man sich darauf einigte, es zuerst mit dem Kopfsalat zu probieren.

Was sollten später einmal meine Enkel von mir denken, wenn ich ihnen von meinen Heldentaten erzählte? Sie würden das Tapfere Schneiderlein mehr bewundern als mich. Schon sah ich auf meinem Grabstein die Inschrift stehen: „Du kämpftest gegen vierbeinige Riesen und bezwangst sie mit Gemüse. Ruhe in Frieden." So weit durfte es nicht kommen. Ich war fest entschlossen, meinen Namen unsterblich zu machen, und ich wußte auch schon wie. Einer von uns mußte auf die Kiste und, wenn unten der Ruf „Zu!" ertönte, den Schieber herunterlassen, keine Sekunde zu früh und keine zu spät, schnell, aber auch nicht zu hastig. Von der Geistesgegenwart und dem Fingerspitzengefühl des Mannes am Schieber hing das Gelingen des ganzen Unternehmens ab. Klar, daß ich mich für diese Aufgabe meldete. Sie war wie geschaffen für mich. Ich rechnete mir gute Chancen aus, daß ich der Auserwählte sein würde. Wer sonst, wenn nicht ich, sollte uns zum Erfolg führen? Niemand schien mir geeigneter zu sein als ich, konnte doch keiner eine längere Liste an Begabungen vorweisen. Ohne mich kein Nilpferd! Ich trug die Nase schon wieder ziemlich hoch.

Ich mußte mein Talent nicht groß herausstellen, sondern der Vorarbeiter kam ganz von selbst auf mich zu, um mir die Verantwortung für die wichtigste Sache im Universum zu übertragen. Sicher hatte er meine Fähigkeiten sofort erkannt und wußte, daß sie von unschätzbarem Wert für uns waren. Ich war bereit, seine Anweisung entgegenzunehmen, auf die Kiste zu klettern und den Schieber zu bedienen. Da sprach er die grausamen Worte:

„Spezi" (so nannte er mich immer, wenn er es gut mit mir meinte), „hole aus der Futterkammer die Steige mit dem Salat."

Ein Schlag in den Magen wäre mir lieber gewesen. Ich dachte an ein Bombenattentat, beließ es aber bei dem bloßen Gedanken und trollte mich, während Hein den Posten des Schiebervorstehers zugesprochen bekam.

Ich überlegte, ob ich nicht eine andere Karriere anstreben sollte. Vielleicht war Tierfänger doch nicht das Richtige für mich. Ich ließ mir jedoch nichts anmerken, sondern führte meinen Auftrag mit Würde aus. Ich tat ungemein wichtig und trug die Requisiten, nach denen man mich geschickt hatte, wie dünnschalige, rohe Eier vor mir her. Ich überreichte sie feierlich dem Elefantenwärter, so als handele es sich um die auf purpurnen Samt gebetteten Insignien eines Kaisers, aber der Spielverderber nahm sie völlig achtlos entgegen.

Alle Vorbereitungen waren nun getroffen, und auf ein Zeichen des Vorarbeiters kurbelte Hans die Außentür hoch. Die schwere Eisenvorrichtung hob sich ächzend in die Höhe, und Toni, ein Muster an Gehorsam, setzte sich beim ersten Geräusch wie gewohnt Richtung Ausgang in Bewegung. Er staunte nicht schlecht, als er den Durchgang versperrt fand. Er betrachtete das Innere der Kiste mit wissenschaftlichem Interesse, konnte sich aber keinen Reim darauf machen. Nach einer Weile wurde es ihm zu dumm. Er drehte sich um, mit dem Hinterteil zur Wand, und schuf, aus einem schöpferischen Impuls heraus, ein modernes Kunstwerk, wobei ihm sein Schwanz als Pinsel diente, mit dem er das Material, das er für solche Gelegenheiten stets bereithielt, geräuschvoll über die Fliesen verteilte. Danach fühlte er sich bedeutend wohler und nahm weiter keinen Anstoß an den ungewohnten Dingen um ihn herum.

Jetzt schlug die Stunde des Kopfsalats. Der Elefantenwärter holte aus der Steige einen Salatkopf hervor und rief Toni nur das eine Wort zu: „Auf!", worauf dieser brav sein Maul aufriß, daß es offenstand wie ein Scheunentor und der Elefantenwärter, der mit dem Salatkopf danach zielte, es gar nicht verfehlen konnte. Der Salatkopf flog durch die Luft, und kaum hatte er sein Ziel erreicht – schwupp, weg war er, verschwunden im Nilpferdschlund. Und schon stand Tonis Maul wieder offen, weil er glaubte, die anderen Salatköpfe würden dem Beispiel des ersten folgen. Aber der nächste landete nicht in seinem Maul, sondern ein Stück vor seinen Füßen. Toni machte einen Schritt vorwärts, senkte sein Haupt und verputzte auch diesen. So ging es weiter, Schritt für Schritt auf die Kiste zu, in die der Elefantenwärter schließlich die letzten zwei Salatköpfe warf: den einen in die Mitte, den anderen ans hintere Ende.

Wir waren gespannt, ob unsere Rechnung aufging und Toni auf den plumpen Trick hereinfiel. Wehe, wenn er den Braten roch. Er war imstande, ein zweites Gemälde von noch größerer Schönheit an die Wand zu pinseln!

Doch unser machtvoller Verbündeter, der Kopfsalat, ließ uns nicht im Stich. Er wirkte auf Toni wie eine Droge und rief bei ihm durch den übermäßigen Konsum eine akute Bewußtseinstrübung hervor, eine Art von botanischem Delirium tremens, bei dem der Betroffene unter dem Gegenteil von Platzangst leidet, weshalb er bestrebt ist, sich in ein Mauseloch zu flüchten, in Ermangelung eines solchen aber auch eine andere Räumlichkeit als Ersatz nimmt, sofern deren Volumen das eigene nur unbeträchtlich überschreitet. Wir hatten es hier mit einem klassischen Fall zu tun. Toni stapfte tatsächlich in die Kiste.

„Zu!" riefen wir wie aus einem Mund. Im selben Augenblick sauste der Schieber herunter, und Toni war gefangen – so hatten wir es uns jedenfalls vorgestellt. Doch mit dieser einfachen Lösung war Hein nicht einverstanden. Er dachte an unsere Gesundheit und kümmerte sich rührend um unseren schwachen Kreislauf. Dank seiner Umsicht und Fürsorge erreichte unser Blutdruck in Sekundenschnelle Höchstwerte. Hein brachte nämlich das Kunststück fertig, den Schieber nicht zu schließen. Er hatte ihn schon zu zwei Drittel unten, da verkeilte er ihn, so bombenfest, daß selbst der Ausbruch des Krakatau ihn nicht wieder flottbekommen hätte.

Hein mühte sich redlich, aber vergebens. Wir, oder genauer meine Kollegen, gaben ihm hilfreiche Tips und stärkten seine Moral. Ich traute mich nicht. Meine Zunge war noch nicht so geschliffen wie ihre. Sie brüllten:

„Zum Donnerwetter, mach das Ding zu! Wieviel Stunden brauchst du denn noch?"

Oder: „Du Pflaume, hast du Pudding in den Knochen, daß du nicht mehr drücken kannst? So drück doch, Mensch!"

Dann wieder: „Die Flasche ist wahrhaftig zu nichts nütze. Warum ziehst du denn nicht? Ziehen, hab' ich gesagt!"

Und: „Geh weg, du Niete, laß mich ran!"

Noch vor wenigen Minuten hätte ich dem Teufel meine Seele verkauft, wenn er mir dafür die Bedienung des Schiebers anvertraut hätte. Nun wollte ich um nichts in der Welt mit Hein tauschen. Man hätte mir den Oberbefehl über eine Armee von Tierfängern anbieten können – ich hätte abgelehnt, und es wäre mir nicht einmal schwergefallen. Ich dankte der göttlichen Vorsehung für ihre weise Voraussicht. Nicht auszudenken, wenn ich der Unglücksrabe gewesen wäre.

Inzwischen hatte Toni die beiden Salatköpfe gefressen, und sein gesunder Nilpferdverstand war unerwartet zurückgekehrt. Er schaute sich das Hotel, das er gewählt hatte, genauer an und fand es drittklassig. Er wollte auf schnellstem Wege zurück in seinen Palast, geriet dabei aber zwangsläufig mit dem Schieber in Konflikt. Er stutzte. Wer wagte es, sich ihm in den Weg zu stellen? Er forderte den Schieber mit seinem Hinterteil auf, ihm Platz zu machen. Doch der Flegel ignorierte ihn.

Na, da kannte er Toni schlecht. Er vergaß für einen Moment seine Kinderstube und pfiff auf die guten Umgangsformen. Die Auswirkungen waren bemerkenswert. Die Kiste wurde zu einem Spielball physikalischer Kräfte, die sie bald nach dieser, bald nach jener Seite warfen, so daß ihre Statik empfindlich gestört war und sie nur deshalb nicht umkippte, weil jede Seite dieses Recht für sich beanspruchte.

Hein folgte den Bewegungen der Kiste mit der Präzision eines Schattens. Jetzt zahlte es sich aus, daß er zur See gefahren war, denn er hielt sich tapfer und blieb an Deck, obwohl er die Himmelsrichtungen schneller wechselte als ein Politiker seine Überzeugungen. Hinterher meinte er sogar, er habe sich seit langem nicht mehr so wohl gefühlt, aber das halte ich für Seemannsgarn.

Wir wetteten, wer siegen würde, blindwütende Naturgewalt oder solides Schreinerhandwerk. Leider verdarb uns Toni den Spaß, weil er den Schieber mit einem mustergültigen Rammstoß in preiswertes Feuerholz zerlegte, bevor die Wetteinsätze genannt waren. Er stürmte aus der Kiste und machte seinem Ärger Luft, indem er in sein Waldhorn blies, daß es nur so dröhnte und die Mauern bebten. Von draußen antworteten ihm seine Eltern und gaben ihm recht. Ebenso die vier Elefanten, die in das Blaskonzert miteinstimmten. Ein wahrer Ohrenschmaus. Die Posaunen des Jüngsten Gerichts konnten nicht eindrucksvoller schmettern. Wir sperrten den Mund auf wie beim Abschuß einer Granate, damit unser Trommelfell nicht platzte, und warteten, bis Toni die Noten ausgingen und er sein Instrument abstellte.

Wie immer, wenn etwas schiefgeht, wurde nach einem Sündenbock gesucht, und in diesem Falle war es Hein, dem wir die Schuld zuschoben. Er machte sich jedoch nichts daraus, sondern nahm eine Prise Schnupftabak, nieste kräftig, womit er, was die Lautstärke anging, beinahe so erfolgreich war wie Toni mit seinem Organ, nieste nochmals und meinte, während er sich mit dem Handrücken die Tränen aus den Augen wischte, der Patzer hätte jedem von uns passieren können, zumal der Schieber von Anfang an geklemmt habe. Diese Entschuldigung ließen wir natürlich nicht gelten. Der alte Vogt forderte Hein auf, seinen Fehler ohne Wenn und Aber zuzugeben, statt „falsche Ausreden zu halten". So etwas „attestiere" er nicht. Darin stimmten wir ihm voll und ganz zu.

Eigentlich wollten wir Toni schon gegen Mittag zum Bahnhof bringen, von wo er am frühen Abend mit dem Zug auf die Reise gehen sollte. Aber das Mißgeschick mit dem Schieber hatte unseren Zeitplan mit einem Schlag über den Haufen geworfen. Wir standen jetzt unter Zeitdruck und mußten uns sputen. Es kam alles auf den nächsten Versuch an, bei dem uns nicht noch einmal eine Panne unterlaufen durfte. Doch im Moment konnten wir nichts anderes tun, als abzuwarten, bis der Druck in Tonis Kessel gefallen war und unsere Schreiner den Schieber repariert hatten. Der Vorarbeiter wetterte wie ein Abgeordneter und forderte ein Gesetz, das Nilpferden, besonders denen in Menschenhand, verbiete, sich außerhalb von Transportkisten aufzuhalten.

Die Verabschiedung eines solchen Gesetzes war jedoch so bald nicht zu erwarten. Der Vorarbeiter gab uns deshalb eine andere Beschäftigung, damit wir in der Zwischenzeit nicht einrosteten. Was mich betraf, so hätte er sich diese Maßnahme ersparen können. Als ich nämlich hörte, daß wir dazu ausersehen waren, Besen oder ähnlich profane Geräte zu schwingen, setzten meine Glieder Rost an und waren danach ungefähr noch so beweglich wie die Schiffsschrauben der Titanic in den Tiefen des Atlantiks.

Wie gering die medizinische Bildung des Vorarbeiters war, zeigte sich daran, daß er keine Rücksicht auf meinen lebensbedrohlichen Zustand nahm, sondern auch mich zu Hilfsarbeiten abkommandierte. Welch eine unsinnige Therapie! Bettruhe hätte ich viel nötiger gehabt. Aber meinetwegen, sollte er seinen Willen haben. Wenn er mein junges Leben unbedingt auslöschen wollte, dann ging ich eben dem Elefantenwärter zur Hand, wie er es von mir verlangte.

Mittlerweile war der Lastwagen eingetroffen, und unser Fahrer konnte gleich wieder gehen, weil es für ihn nichts zu tun gab – der Glückliche. Es war für mich nur ein schwacher Trost, daß es meinen Kollegen nicht besser erging als mir. Auch auf sie warteten große Aufgaben, und Dirk, Hein, Paul und der alte Vogt folgten dem Vorarbeiter, um anderswo in Schweiß zu baden. Hans, der mein Schicksal teilte, blieb mit mir bei dem Elefantenwärter. Nach der Mittagspause wollten wir uns wieder treffen und einen zweiten Fangversuch unternehmen.

Hans machte sich sogleich an die Arbeit, schnappte sich, ohne lange zu überlegen, eine Mistgabel und fing an, den Berg Grünfutter neben der Eingangstür einzuebnen, indem er ihn hügelweise auf die Ställe verteilte. Der Elefantenwärter nickte wohlwollend, womit er andeutete, daß er von mir den gleichen Eifer erwartete. Also nahm ich mir an Hans ein Beispiel, wich dem Elefantenwärter nicht von der Seite und wartete wie ein folgsamer Hund auf einen Befehl von ihm, jeden Augenblick bereit, mich mit freudigem Gebell auf irgendeine Arbeit zu stürzen, obwohl ich davon überzeugt war, daß ich mich in meiner Eigenschaft als Tierfänger unter Wert verkaufte.

So kam es, daß ich in einen geräumigen Korridor gelangte, der als Abstellkammer genutzt wurde und zugleich der Zugang zur Elefantenanlage war. Der Elefantenwärter trug ein paar Arbeitswerkzeuge zusammen, und dabei vergaß er mich. Ich nutzte die Gelegenheit, um einen Blick nach draußen zu werfen, stahl mich zu der monumentalen Gittertür, deren Stärke mir eine Ahnung von den Titanen gab, die hinter ihr hausten, und steckte meinen Kopf durch die armdicken Eisenstäbe. Mir stockte der Atem. Eine Wand aus grauen Leibern, gewaltig wie der Himalaja, wälzte sich auf mich zu. Fanfarenstöße und Donnergrollen eilten ihr voraus. Die Erde begann zu zittern und zu beben, und je näher die Wand rückte, um so bestrebter war mein Herz, in der Hosentasche Zuflucht zu suchen.

Ich zog den Kopf ein und trat zwei, drei Schritte zurück, da verfinsterte sich auch schon der Himmel und vier graue Riesen bauten sich wie eine Mauer vor der Tür auf. Ein herber, aber nicht unangenehmer Geruch ging von ihnen aus, und die Luft war erfüllt von ihrem Blasen, Pfeifen und Zischen, so als ob ein Dutzend Lokomotiven gleichzeitig Dampf ablieFe. Ihre Rüssel tanzten vor mir wie Schlangen vor der Flöte eines Schlangenbeschwörers und spien ihren feuchten Inhalt aus. Rhythmisch schwangen sie ihre kolossalen Schädel, und ihre Ohren, groß wie Regenschirme, wedelten so heftig, daß sie lokale Staubstürme entfachten.

Ich rührte mich nicht vom Fleck, war wie angewurzelt, so sehr hatten mich die Riesen in ihren Bann gezogen. Wahrscheinlich würde ich noch heute dort stehen, wenn mich nicht nach einer Weile der Elefantenwärter zu sich gerufen hätte, um mir seine Anweisungen zu erteilen. Daraufhin entfernte ich mich von der Tür, behielt sie aber noch im Auge, und so stolperte ich beim Rückwärtsgehen über einen mir im Wege stehenden Eimer.

Der Elefantenwärter strafte mich mit einem Blick, der mich auf die Größe eines Liliputaners schrumpfen ließ, und kaum stand ich vor ihm, legte er los mit seinen Anordnungen. Natürlich verstand ich kein Wort, weil er wieder chinesisch sprach. Das einzige, das mir etwas sagte, war das Wort „Japaner", das mehrmals fiel, obwohl ich auch mit ihm nichts anzufangen wußte. Trotzdem klammerte ich mich an dieses Wort und tappte mit ihm durch das Kauderwelsch, in der Hoffnung, ihm einen Sinn abzugewinnen. Gleichzeitig achtete ich auf die Gebärden des Elefantenwärters, folgte mit den Augen seinen Handbewegungen und studierte sein Gesicht, und schließlich gelang es mir, das Wort „Japaner" mit einem Karren, auf den er deutete, in Verbindung zu bringen. Noch so ein Unsinn, dachte ich, den Karren „Japaner" zu nennen. Wie konnte ich ahnen, daß er tatsächlich so hieß? Er hatte mit einem Japaner so viel Ähnlichkeit wie ein Fahrrad mit einem Walroß und erinnerte mich eher an eine Badewanne auf Rädern.

Während ich noch rätselte, was es mit dem Karren auf sich hatte, drückte mir der Elefantenwärter eine Schippe und einen Besen in die Hand. Nun wußte ich Bescheid, ich sollte irgendwo saubermachen. Mir wurde ganz flau, denn ich konnte mir schon denken, wo. Der Elefantenwärter packte den Karren bei den Griffen und schob mit ihm davon. Ich schulterte Schippe und Besen und hielt mich in seinem Kielwasser. Die Richtung, die er einschlug, verstärkte meine Befürchtung, und als er nach wenigen Metern anhielt, um die Tür zur Elefantenanlage zu entriegeln, hatte ich alle Hoffnung, daß ich mich irrte, aufgegeben. Es bestand kein Zweifel mehr, ich sollte hinaus zu den Riesen!

Nie habe ich mich mehr nach der Gesellschaft eines Menschen gesehnt, als in dem Augenblick, da der Elefantenwärter die Tür zu den Elefanten öffnete und mir mit ausgestrecktem Arm den Weg ins sichere Verderben wies. Unmöglich, lebend durch dieses Bollwerk zu dringen. Ebensogut hätte man von mir verlangen können, gegen eine Dampfwalze anzurennen. Ich sah mich von Rüsseln zerschmettert, von Säulenbeinen zermalmt. Eine Streichholzschachtel würde genügen, um meine sterblichen Überreste aufzunehmen. Meine armen Eltern, sie würden mein tragisches Ende niemals verwinden. Hatten sie mich nicht oft genug vor der Ausübung dieses mörderischen Berufes gewarnt? Wenn der Elefantenwärter wenigstens vorausgegangen wäre, dann hätten mir die Knie vielleicht nicht so geschlottert, doch er machte keine Anstalten, mich zu begleiten, sondern bekräftigte noch einmal mit unmißverständlichen Worten mein Todesurteil.

Ich ergab mich in mein Schicksal. Mit nichts als meinem Mut, der so tief gesunken war, daß er auf der anderen Seite der Erdkugel wieder herauskam, ging ich im dürftigen Schutz des Karrens, in den ich Schippe und Besen gelegt hatte, auf meine Henker zu. Es war an der Zeit, von der Welt Abschied zu nehmen. Ich sprach meine letzten Worte, rief, weil mir nichts Besseres einfiel, mit zitternder Stimme: „Aus dem Weg!" und erwartete mein Ende. Doch da geschah das Wunder: Wie durch Zauberhand teilte sich plötzlich die Mauer, und geblendet vom grellen Sonnenlicht schritt ich an den Riesen vorbei, ohne daß mir ein Haar gekrümmt wurde.

Verwundert blickte ich mich um. Die Elefanten nahmen keine Notiz von mir und zerstreuten sich in alle Winde. Ich schien übersinnliche Fähigkeiten zu besitzen! Allein durch meinen Willen und die Macht meiner Worte hatte ich nicht nur einen, sondern gleich vier dieser Dickhäuter gebändigt. Wie töricht war meine Angst vor ihnen gewesen. Ich war ihnen haushoch überlegen und brauchte sie nicht mehr zu fürchten als ein Schoßhündchen.

Der Umstand, daß ich noch lebte und über solche Giganten gebieten konnte, beflügelte mich. Ich wollte zeigen, was in mir steckte. Die Gelegenheit dafür war günstig. Von der anderen Seite des Absperrgrabens beobachteten mich ungefähr hundert Zoobesucher, die gespannt darauf waren, was ich hier draußen bei den Elefanten anstellen würde. Vor allem wollte ich die Aufmerksamkeit eines hübschen Mädchens erregen, das ich in der Menge erspäht hatte. Es war etwa in meinem Alter und genau meine Kragenweite, doch es tat so, als ob ich Luft wäre. Ich legte mich deswegen mächtig ins Zeug, lief mit Schippe und Besen zu einem der Dunghaufen, um die Kanonenkugeln, welche die Elefanten dort hinterlassen hatten, schwungvoll in den Karren zu schaufeln, mußte aber sehr bald feststellen, daß meine Ausrüstung nichts taugte, da sie neu war, als Sokrates durch die Straßen von Athen wandelte.

Schon beim ersten Versuch purzelte mir eine Kugel zurück in den Sand, weil die Geschicklichkeit eines Jongleurs dazu gehörte, mit der Schippe zurechtzukommen. Verrostet und vom häufigen Gebrauch nur noch halb so groß wie ursprünglich, die einst gewölbten Seitenkanten fast gänzlich abgenutzt, entsprach sie eher dem Wrack eines Spatens als einer brauchbaren Schippe. Sobald man sie in die Hand nahm, wackelte sie heimtückisch, weil ihr Stiel locker war. An diesem war außerdem oben ein Stück abgebrochen, so daß die Chancen, sich an den Zacken einen Splitter einzuhandeln, ausgezeichnet waren. Um den Besen war es nicht besser bestellt. Er hatte soviel Borsten wie ein räudiger Igel Stacheln.

Ich verwünschte den Elefantenwärter und verwandelte ihn in Gedanken in das Gesäß eines Pavians, denn er hatte mich mit diesen Werkzeugen der Lächerlichkeit preisgegeben. Das schadenfrohe Gelächter einiger Zuschauer drang schon an mein Ohr. Ich warf einen verstohlenen Blick auf das Mädchen, doch es schien meine Ungeschicklichkeit nicht bemerkt zu haben, da es mir auch weiterhin keine Beachtung schenkte. Noch war nichts verloren. Ich biß die Zähne zusammen, fuhr den Karren näher an den Dunghaufen heran und versuchte es noch einmal. Und tatsächlich, diesmal klappte es besser – die Ladung verfehlte nur ganz knapp ihr Ziel!

Jeder vernünftige Mensch hätte an meiner Stelle danach aufgegeben, ich aber nicht. Mein Ehrgeiz war erwacht. Ich faßte die Unzulänglichkeit meiner Ausrüstung als eine persönliche Herausforderung auf, bei der nichts Geringeres auf dem Spiel stand, als die Herrschaft des Geistes über die Materie. Ich ließ nicht locker, bis ich den Dreh heraus hatte und der Dung Kugel für Kugel in den Karren plumpste.

Doch damit gab ich mich nicht zufrieden. Ich machte aus meiner Tätigkeit, die nicht gerade eine Attraktion war, eine sakrale Handlung, sammelte, um Eindruck zu schinden, den Dreck nicht einfach ein, sondern zelebrierte seine Beseitigung wie einen Gottesdienst. Mein Schritt war gemessen, mein Gehabe feierlich, wie es sich für mein hohes Amt, einem Oberpriester der Misthaufen, ziemte.

Die Zeremonie erforderte meine ganze Konzentration. Ich achtete nicht auf meine Umgebung, schaute weder nach links noch nach rechts, und so bemerkte ich nicht, daß die Elefanten sich mir langsam näherten. Als ich nach einigen Minuten inne hielt, um mir den Schweiß von der Stirn zu wischen, sah ich mich jählings von ihnen umzingelt. Ihr unerwartetes Erscheinen machte mich stutzig. Was hatten sie vor? Wollten sie sich etwa mit mir anlegen? Nun, das würde ihnen schlecht bekommen! Ich vertraute auf meine Magie, mit der ich schon einmal Erfolg gehabt hatte. Aber sie führten anscheinend nichts Böses im Schilde, schlenderten nur um den Karren herum, an den ich den Besen gelehnt hatte. Ich war beruhigt und fuhr fort, mit der Schippe meine duftende Ernte einzubringen.

Doch kaum hatte ich den Elefanten den Rücken zugekehrt, als ich hinter mir ein Knacken hörte. Ich wandte mich um und sah zu meinem Entsetzen, daß einer der Elefanten den Besen in zwei Teile zerbrochen hatte. Die eine Hälfte, ein Stück des Stiels, hielt er in seinem Rüssel, die andere war unter seinem Fuß begraben. Diese Ungeheuerlichkeit konnte ich mir natürlich nicht bieten lassen. Ich stürzte mich auf den Übeltäter, die Schippe wie eine Keule über meinem Kopf schwingend, und rief, im Vertrauen auf meine magischen Kräfte, in gebieterischem Ton:

„Mach, daß du fortkommst!"

Aber mein Zauberspruch wirkte nicht. Der Elefant suchte nicht das Weite, sondern steckte sich seelenruhig mit seinem Rüssel das Stück Besenstiel ins Maul. Hilflos mußte ich mitansehen, wie er es zwischen seinen Zähnen zermahlte.

Ich fragte mich, was ich falsch gemacht hatte. Vielleicht hatte ich nicht die richtigen Worte gesprochen. Ich versuchte es daher mit „Scher dich weg!", „Verschwinde, aber flott!", „Fort!", „Ab!", „Weg!", arbeitete mich durch ein ganzes Wörterbuch von Imperativen, aber alles was ich damit erreichte, war, daß das Biest sich umdrehte und mir seine Kehrseite zuwandte. Den Besen, oder besser seinen Torso, hatte es unter seinem Fuß hervorgeholt und mit ans andere Ende genommen, um sich mit seinen genießbaren Bestandteilen den Magen zu füllen. Empört über diese Dreistigkeit, versetzte ich dem Elefanten mit der Schippe einen leichten Schlag auf sein Hinterteil. Er zeigte sich davon so beeindruckt wie ein Felsbrocken, auf dem sich eine Eintagsfliege niedergelassen hat.

Die stoische Ruhe dieser Kreatur brachte mein Blut in Wallung. Ich verlor die Geduld und schlug noch einmal zu, diesmal aber fester, mit dem Ergebnis, daß der Schuft nach mir trat, wenn auch vergebens, da ich seinem Hinterbein gerade noch ausweichen konnte, bevor mich das Schicksal einer Laus ereilte, die von einem Vorschlaghammer getroffen wird. Hierauf änderte ich meine Taktik und versuchte zur Kopfpartie des Elefanten vorzudringen, denn von hinten war gegen ihn nichts auszurichten. Aber von vorne war ihm noch viel weniger beizukommen. Auf meine Vorstöße antwortete er mit Ausweichmanövern, drehte sich geschickt im Kreise, so daß ich stets sein Hinterteil vor mir hatte.

Inzwischen hatten seine Kumpane den Karren umgekippt und gingen daran, ihn zu demolieren. Ich kümmerte mich nicht länger um den Besen und rannte zum Karren, um die Unholde zu vertreiben. Es gelang mir, ihre Pläne zu durchkreuzen, und schon flitzte ich zurück, um von dem Besen zu retten, was noch zu retten war. Doch kaum hatte ich mich von dem Karren entfernt, fielen sie erneut über ihn her. Ich kämpfte gegen eine Übermacht, lief wie ein Besessener hin und her, verteidigte den Karren, machte Jagd auf die Reste des Besens, verteidigte den Karren ...

Als ich schon alles verloren glaubte, erschien der Elefantenwärter auf der Bildfläche. Er trug eine lange Peitsche bei sich, die er mit einem ohrenbetäubenden Knall durch die Luft sausen ließ. Sofort stellten die Elefanten ihre Kampfhandlungen ein, wirbelten herum und stürmten trompetend auf ihn zu, nicht, um ihn dem Erdboden gleichzumachen, wie ich im ersten Moment dachte, sondern wegen des trockenen Brotes, das er in seinen Jackentaschen für sie bereithielt. Als Gegenleistung für das Brot mußten sie ein paar ihrer Kunststücke zeigen, mit denen sie bei den täglichen Dressuren das Publikum erfreuten. Einer krümmte seinen Rüssel über dem Kopf zu einem S, ein anderer hob ein Vorderbein, ein dritter machte eine Art Knicks, der vierte quietschte wie ein Autoreifen bei einer Vollbremsung und alle gemeinsam untersuchten sie mit ihren Rüsseln die Jackentaschen des Elefantenwärters. Nachdem jeder von ihnen seinen Anteil erhalten hatte, ließ der Elefantenwärter noch einmal seine Peitsche knallen, worauf sich die Elefanten, friedlich wie Lämmer, trollten.

Danach verließ der Elefantenwärter die Anlage, um gleich darauf mit einem Besen und einer Schippe – beide so gut wie neu – zurückzukehren. Er kam schnurstracks auf mich zu. Ich zog den Kopf ein, weil ich ein fürchterliches Unwetter erwartete. Aber es wütete kein Orkan. Dafür war ich arktischer Kälte ausgesetzt, und ich weiß nicht, was von beidem schlimmer war. Der Elefantenwärter behandelte mich mit eisiger Nichtbeachtung. Ohne einen Kommentar und mit einer Selbstverständlichkeit, als würde er ein Unglück, wie es mir widerfahren war, jeden Tag erleben, richtete er den Karren auf, der zum Glück nur ein, zwei kleine Beulen abbekommen hatte, und machte mir dann vor, wie man mit Schippe und Besen umgeht, fegte den herumliegenden Kehricht mit weit ausholenden Bewegungen zusammen und schaufelte ihn anschließend im Handumdrehen in den Karren. Obwohl es bei der Qualität seiner Werkzeuge keine Kunst war, schnell und sauber zu arbeiten – er hätte es einmal mit meinem Schrott probieren sollen! –, stellte er mich mit seiner Routine bloß.

Als er fertig war, drückte er mir wortlos seinen Besen und seine Schippe in die Hand, schnappte den Karren und fuhr mit ihm davon. Da stand ich nun, blamiert bis auf die Knochen, von rund dreihundert Augenpaaren fixiert, denn meine unfreiwillige Vorstellung hatte Massen von Zuschauern angelockt und ihre Zahl verdreifacht. Und meine Angebetete, ob sie mich noch immer ignorierte? Ich riskierte einen Blick und entdeckte sie in vorderster Reihe. Sie hatte die Arme auf die Brüstung gelehnt und – ich hätte es mir denken können – lachte mir frech ins Gesicht!

Ich eilte mit großen Schritten dem Elefantenwärter nach und sah zu, daß ich fortkam. Ich hatte keine Ahnung, daß mich der Elefantenwärter hereingelegt hatte. Er hatte mir extra die alten Geräte gegeben, weil er genau wußte, was kommen würde. Er machte sich einen Spaß daraus, blutige Anfänger wie mich allein auf die Elefantenanlage zu schicken. Ich war nur einer in einer langen Reihe von Neulingen, denen er auf diese Weise einen Streich gespielt hatte. Er ließ seine Opfer glauben, die Elefanten folgten ihnen aufs Wort. In Wirklichkeit gehorchten sie ihnen nur deshalb, weil sie am Anfang noch den Elefantenwärter mit seiner Autorität im Rücken hatten. Und ich Schafskopf hatte tatsächlich gedacht, ich sei Herrscher über Leben und Tod. War ihm ein Opfer auf den Leim gegangen, wartete der Elefantenwärter, bis es in Bedrängnis geriet. Dann griff er als Retter in höchster Not ein und tat ganz unschuldig dabei. Der Angeführte war hinterher so zahm und gegen jeglichen Hochmut gefeit, daß er ihn um den Finger wickeln konnte.

Doch zu diesem Zeitpunkt wußte ich das alles noch nicht. Ich war ziemlich niedergeschlagen. Dabei sprachen die nackten Zahlen für mich. Mit zwei Schippen und einem Besen verließ ich die Anlage, während ich sie mit nur einer Schippe und einem Besen betreten hatte. Das sollte mir erst einmal einer nachmachen. Aber obwohl die Mathematik auf meiner Seite war, vermochte mich auch dieser Gedanke nicht zu trösten.

Nicht einmal die bevorstehende Mittagspause konnte an meiner gedrückten Stimmung etwas ändern. Ich legte keinen Wert darauf, Hans und den Elefantenwärter, die zum Mittagessen in die Kantine gingen, zu begleiten. Mir war der Appetit vergangen. Es hätte mir gerade noch gefehlt, daß man sich bei Tisch auf meine Kosten amüsierte und mich verspottete, weil ich mich so dämlich angestellt hatte. Der Aufenthalt in der Kantine war für einen Stift ohnehin eine Tortur, das hatte ich schon am eigenen Leib erfahren. Kein Mittag, an dem unsereins dort nicht gepiesackt wurde. Entweder war es der Haarschnitt oder sonst irgendeine unbedeutende Nebensächlichkeit, an dem ein Älterer Anstoß nahm. Was mußte ich mir nicht alles wegen meiner langen Haare anhören! Lange Haare waren gerade modern, und in diesem Punkt ging ich mit der Mode. Aber was hieß in meinem Fall schon lang? Wenn ich mein Haar zwei Zentimeter kürzer getragen hätte, hätte ich eine Glatze gehabt. Im Grunde trug ich es nur etwas länger als die Generation vor mir. Doch diese wenigen Millimeter genügten, um mir die Schuld zu geben am Kultur- und Sittenverfall, an der zunehmenden Verwahrlosung und den schlechten Manieren, an der steigenden Kriminalität im Lande, an der Niederlage im nächsten Krieg und ähnlichen Dingen mehr. Schämen sollte ich mich wegen meiner „Mähne", das war das mindeste, was man mir verlangte. Hatte ich überhaupt so etwas wie ein Elternhaus? Ich konnte mich vor Adoptionen nicht retten. Jeder wollte mich zum Sohn haben, nur um mir eigenhändig die Haare zu schneiden.

Gleich an meinem ersten Arbeitstag bekam ich einen Vorgeschmack davon, was mich beim Mittagessen in der Kantine erwartete. Ich saß am Tisch neben meinem Lehrmeister, einem alten Schlachtroß, und löffelte versonnen meine Suppe. Ich stand noch ganz unter dem Eindruck des Neuen, das ich am Vormittag kennengelernt hatte, und mir ging allerlei durch den Kopf. Unter anderem fragte ich mich, ob ich die Erwartungen meines Lehrmeisters erfüllt hatte, und fand, daß ich mich für den Anfang recht wacker geschlagen hatte. Ich war so beschäftigt mit meinen Gedanken, daß ich fast das Essen vergaß. Mein Lehrmeister hatte seinen Teller schon leer, da hatte ich noch nicht einmal richtig zu essen angefangen. Auf diese Sachlage, die mir entgangen war, machte mich mein Lehrmeister aufmerksam, indem er mich mit seinem Ellenbogen in die Seite stieß, so daß ich aus meinen Träumen erwachte, und laut sagte: „Tja, mein Lieber, wie man ißt, so schafft man", wobei er seinen leeren Teller mit stolzgeschwellter Brust herumzeigte, so als hätte er einen neuen Weltrekord im Hundertmeterlauf aufgestellt.

Mit dieser Lebensweisheit sprach er unseren Tischnachbarn aus dem Herzen, und es entspann sich ein lebhaftes Gespräch über meine Person, in dessen Verlauf sich zu meinem Erstaunen herausstellte, daß die Anwesenden über mich besser Bescheid zu wissen schienen als ich, obwohl mich die meisten von ihnen erst seit wenigen Minuten kannten. Sie redeten über mich, als wären sie in mir zu Hause und wiesen mich schonungslos auf meine Fehler und Schwächen hin, die sie sowohl auf Versäumnisse in meiner Erziehung als auch auf meine Abstammung zurückführten. Zur Stützung der letzteren These verfolgten sie meinen Stammbaum zurück bis in graue Vorzeit, wo sie so unterschiedliche Wesen wie ein Faultier, eine Schnecke und eine lahme Ente als meine Ahnen ausmachten. Dann schlugen sie einen doppelten Salto vorwärts und sagten mir die Zukunft voraus. Ihre Prophezeiung war düster. Mein Fall war hoffnungslos – wenn nicht ein Wunder geschähe.

Mein Oppositionsgeist erwachte. Das Bild, das sie sich von mir machten, hatte mit dem aus meinem Atelier so viel gemeinsam wie ein Picasso mit einem Rembrandt, und ihre Weissagung war so zuverlässig wie das Wahrsagen aus dem Kaffeesatz. Ich protestierte aufs schärfste und legte gegen ihr windschiefes Porträt mein Veto ein. Aber das beeindruckte diese Stümper nicht im geringsten, im Gegenteil, sie sahen in mir nun auch noch einen verkappten Anarchisten und fügten ihrer lächerlichen Karikatur eine Bombe hinzu, bloß weil ich es gewagt hatte, ihren Kunstverstand anzuzweifeln.

Um nicht zur ständigen Zielscheibe ihres Spottes zu werden, paßte ich mich ihren Tischsitten an – zu dem Preis, daß meine Zähne arbeitslos wurden, da ich fortan meine Mahlzeiten wie ein Python unzerkaut hinunterschlang. Daß ich deshalb schneller als vorher gearbeitet hätte, kann ich indessen nicht behaupten. Wenn mich wenigstens das Essen für die Hänseleien, denen ich ausgesetzt war, entschädigt hätte. Aber das tat es in keiner Weise. Es wurde von einer Großküche in faßförmigen Thermosbehältern geliefert – bis unten vor die Tür, und kein Stück weiter. Wer mußte wohl die vollen Behälter in die Kantine hinauf- und die leeren wieder hinuntertragen? Erraten, natürlich ich. Seit Generationen war dieses Ehrenamt in den Händen eines Stifts, und die Tradition verlangte eine rechtschaffene Amtsführung. Bei Versäumnissen drohte der Strick, oder noch schlimmer: eine Moralpredigt. Einmal – ich hatte im Amt getrödelt – war mir ein älterer Kollege zuvorgekommen und hatte statt meiner einen leeren Behälter die Treppe hinuntergetragen. Ausgerechnet der Personalchef, der Stammkunde in der Kantine war und immer die größten Portionen bekam, hatte das mitgekriegt. Niemals werde ich die Standpauke vergessen, die er mir am nächsten Tag in seinem Büro hielt. Er nahm mich unter moralischen Dauerbeschuß und streckte mich mit erhabenen Idealen nieder. Ich konnte mir hundertmal sagen, daß ich mir eigentlich nichts hatte zuschulden kommen lassen, er schaffte es trotzdem, daß ich mir vorkam wie der größte Lump unter der Sonne und künftig sogar meine Mahlzeit unterbrach, wenn es mein Amt erforderte.

Aber zurück zum Essen. Die Qualität der einzelnen Zutaten war durchschnittlich, und ein mittelmäßiger Koch wäre gewiß in der Lage gewesen, aus ihnen ohne allzu große Mühe wohlschmeckende Menüs zusammenzustellen. Doch unser Koch war ein Genie, ein Michelangelo seiner Zunft. Er gab sich mit den herkömmlichen Gerichten nicht zufrieden, sondern ersann immer neue Kreationen, neben denen selbst die der französischen Küche verblaßten. Da er in seinem Labor bereits alle Kakerlaken und Mäuse mit seinen phantasievollen Speisen um die Ecke gebracht hatte, nahm er uns als Versuchskaninchen. Jeden Mittag überraschte er uns mit seinen Köstlichkeiten, wie etwa einer Fruchtsuppe als Vorspeise, Hering in Gelee als Hauptgericht und einem Apfel zum Nachtisch, wobei er die kubanische Jahresernte an Zucker in der Suppe verarbeitet, die Heringe in Salzsäure eingelegt und die Äpfel mit Mehl gefüllt hatte. Zu gekochtem Fisch gab es Nudeln, zu Spinat Reis, zu Spargel Kartoffelbrei.

Am besten war das Schnitzel, ein unvergleichlicher Gaumenkitzel, in dessen Genuß ich allerdings nur selten kam, weil es Schnitzel meistens mittwochs gab und ich an diesem Tag in die Berufsschule mußte. Um so mehr schwärme ich noch heute davon. Ich hoffe, der Koch hat nichts dagegen, wenn ich sein Rezept verrate: Man nehme ein Stück Schweinefleisch von der Größe einer Fingerkuppe, lege es auf eine Eisenbahnschiene und lasse einen Güterzug so lange darüber hinwegfahren, bis es die Stärke eines Briefbogens und den Umfang einer Schuhsohle hat, salze und pfeffere es anschließend nach Belieben und paniere es mit dem Inhalt einer leeren Eierschale und einem Sack voll Semmelbröseln. Das Ganze brate man drei Tage in altem Lebertran und friere es dann ein Jahr lang ein. Danach serviere man es nach fünfmaligem Aufwärmen – kalt.

Ich war von zu Hause wahrlich nicht verwöhnt und hätte mich mit schlichten Salzkartoffeln begnügt, wenn es sich nur wirklich um Kartoffeln gehandelt hätte und nicht um Leichen von Kartoffeln, bleich und wäßrig. Einige meinten, unser Kantinenessen sei gar nicht so übel und erinnerten an die Not nach dem Krieg. Damit bestätigten sie aber bloß mein Urteil, daß die kulinarischen Spezialitäten, die in der Kantine aufgetragen wurden, nur zu genießen waren, wenn man mindestens fünf Jahre Kriegsgefangenschaft hinter sich hatte und man obendrein mit der Verdauung eines Mülleimers ausgestattet war.

Nach meinem mißglückten Auftritt als Elefantenbändiger fiel es mir also nicht schwer, der Kantine fernzubleiben. Ich sehnte mich nach einem ruhigen Plätzchen, wo ich mich für eine Weile der lärmenden Welt entziehen konnte, und die Heukammer schien der geeignete Ort dafür zu sein. Und so bereitete ich mir im Heu ein bequemes Lager und brachte meinen knurrenden Magen, der sich nun doch meldete, mit den Resten meines Frühstücks zum Schweigen, bevor ich mich der Kontemplation hingab.

Durch das Dachfenster schien die Sonne und machte Myriaden von Staubpartikeln sichtbar, die in der Luft schwebten gleich Sternen in einem Miniaturkosmos. Bis auf das gelegentliche Rascheln einer Maus war nichts zu hören. Das Heu duftete aromatisch und erinnerte mich an blühende Wiesen, blauen Himmel, Vogelgezwitscher und süßes Nichtstun. Bienen summen, Käfer krabbeln, Kühe liegen wiederkäuend im Gras, zwischen ihnen weidet ein Pferd. Glocken läuten von fern. Vor dem Wirtshaus im Dorf hält ein Omnibus, und durch die Gassen zieht Bratenduft. Aus dem Omnibus steigt ein Nashorn und stürzt sich auf die Geranien vor dem Wirtshausfenster. Der wütende Wirt will dem Nashorn einen Krug voll Bier über den Kopf schütten, doch statt Bier rinnt aus dem Krug ein klebriger Brei. Das Nashorn läßt von den Geranien ab und leckt den Brei auf, der in langen Fäden zu Boden tropft. Der Brei scheint dem Nashorn nicht zu schmecken, denn plötzlich dreht es sich nach mir um, und im nächsten Moment rast es auf mich zu. Ich will weglaufen, aber ich kann nicht – meine Fußgelenke sind an Eisenkugeln gekettet. Noch ein, zwei Sätze, und ich bin aufgespießt. Da höre ich es rufen: „Kerl, schnarche nicht!"

Ich fahre hoch, und vor mir sehe ich Hans, der zu mir sagt:

„Wurde auch Zeit, daß du aufwachst."

Ich? Aufwachen? Ja hatte ich denn geschlafen? Ungläubig schaute ich auf meine Armbanduhr: Tatsächlich, fast eine halbe Stunde war vergangen, seit ich es mir auf einer weichen Matte aus Heu behaglich gemacht hatte! Ich war eingeschlummert, ohne es zu merken. Unterdessen war Hans auf dieselbe Idee gekommen wie ich und hatte nach dem Mittagessen die Heukammer aufgesucht. Er lag ausgestreckt im Heu und rauchte eine Zigarette, und das mit einer Unbekümmertheit, die zeigte, daß er es darauf abgesehen hatte, uns einzuäschern. Mehr noch als seine Sorglosigkeit erstaunte mich jedoch, daß er ein Buch las. Nach meinen bisherigen Erfahrungen war das Interesse meiner Kollegen an Büchern gering, um nicht zu sagen, sie hatten überhaupt kein Interesse an ihnen. Um so erfreuter war ich, jemanden gefunden zu haben, mit dem ich mich über Literatur unterhalten konnte.

Ich selbst war Inhaber einer ansehnlichen Bibliothek. Sie setzte sich gut zur Hälfte aus Mickymausheften zusammen, mehrere komplette Jahrgänge, die ich hütete wie andere Leute seltene und teuere Erstausgaben berühmter literarischer Werke. Der andere Teil ihres Bestandes machten hauptsächlich Kinder- und Jugendbücher aus, in denen edle und furchtlose Helden der Gerechtigkeit zum Sieg verhalfen und stets das Gute über das Böse triumphierte.

Gern hätte ich von Hans erfahren, um welch spannende Lektüre es sich handelte, in die er so vertieft war, daß er mich kaum wahrnahm. Doch getraute ich mich nicht, ihn beim Lesen zu stören, weil er elf Jahre älter war als ich, und das genügte, um mir einen gehörigen Respekt einzuflößen. Ich überlegte, wie ich es anstellen könnte, mit ihm ins Gespräch zu kommen, ohne daß ich es mit ihm verdarb. Nach einer Weile schaute er auf und starrte entrückt ins Leere, so als ob sich vor ihm soeben alle Rätsel der Welt enthüllten. Die Gelegenheit schien günstig, meine geölte Zunge vom Stapel zu lassen. Ich wollte gerade loslegen, als er plötzlich seine stechend blauen Augen wie Scheinwerfer auf mich richtete und mich unvermittelt fragte:

„Was hältst du von Friedrich Nietzsche?"

Es verschlug mir für einen Augenblick die Sprache. Ich fühlte mich ungeheuer geschmeichelt und war aufgeregt wie ein Rennpferd vor dem Start, weil Hans sich dazu herabgelassen hatte, mich um meine Meinung zu bitten, aber von einem Friedrich Nietzsche hatte ich beim besten Willen noch nichts gehört. Nach der Art zu urteilen, wie Hans seinen Namen ausgesprochen hatte, mußte es sich um einen berühmten Mann handeln. Der Gedanke, daß er etwas mit Hans' Lektüre zu tun haben könnte, kam mir vor lauter Lampenfieber nicht. Ich dachte eher an jemanden aus der Filmbranche, und nur um etwas zu sagen, fragte ich Hans, in welchem Film dieser Nietzsche mitgewirkt habe.

In unserem Berufszweig war man im Verteilen von Schimpfwörtern alles andere als knauserig. So war ich, obwohl erst am Beginn meiner Laufbahn, bereits Träger so ehrenvoller Titel wie „geistiger Tiefflieger" und „Dünnbrettbohrer". Aber im Vergleich zu den Ehrenbezeichnungen, die mir Hans auf meine Frage hin verlieh, waren das die reinsten Kosenamen. Er sagte:

„Ich habe dich für einen aufgeweckten Jungen gehalten, aber jetzt sehe ich, daß du nicht mehr Grips hast als ein Schaf. Nietzsche ist kein Filmschauspieler, du Ausgeburt der Unwissenheit, sondern ein Philosoph! Schreib dir das hinter die Ohren. Hier, nimm das Buch und lies es mit Verstand, wenn du nicht einer von diesen Gehirnpygmäen bleiben willst, mit denen unser Planet so überreich gesegnet ist."

Ich war bis ins Mark getroffen. In der Volksschule hatten meine Leistungen über dem Durchschnitt gelegen, und wenn ich mich auch nicht für einen Goethe oder Schiller hielt, so doch für einen leidlich gebildeten Menschen. Aber nun war mir drastisch vor Augen geführt worden, daß meine Bildung noch erhebliche Lücken aufwies. Demütig und mit gebührender Wertschätzung nahm ich den verblichenen Leinenband, den Hans mir reichte, an mich und betrachtete ihn mir andächtig. Der Titel des Werkes lautete: *Also sprach Zarathustra*, was mir so viel sagte wie sein Autor, nämlich nichts. Im Grunde wußte ich noch nicht einmal, was ein Philosoph war, außer daß Philosophen kluge Leute waren, die im alten Griechenland lebten und Vollbärte trugen. Unser Klassenlehrer hatte immer nur mit

Hochachtung von ihnen gesprochen, ganz anders als etwa von einem Automechaniker.

Hans mußte mir meine Verlegenheit wohl angesehen haben, denn er schlug mit einem Mal einen versöhnlichen Ton an. Er machte mich mit Nietzsches Philosophie bekannt, und zwar mit einer Hingabe, die man ihm nicht zugetraut hätte. Sein Vortragsstil war leidenschaftlich, seine Sprache kraftvoll, seine Beweisführung brillant. Er verschmolz förmlich mit dem Stoff, und bald konnte ich kaum noch unterscheiden, ob es sich bei der philosophischen Lehre, die er mir nahezubringen versuchte, um seine eigene oder die eines anderen handelte. Er besaß mehr Überzeugungskraft als ein Dutzend Jesuiten. Ich wurde von seiner Begeisterung mitgerissen, obwohl ich nur die Hälfte von dem, was er sagte, verstand. Die ketzerischen Ideen, die er vertrat, fanden ungehindert Eingang in mein Gedankengebäude, und als er mit seinen Ausführungen zu Ende war, befand sich darin nichts mehr an seinem gewohnten Platz; meine tiefsten Überzeugungen, die ich für unverrückbar gehalten hatte, standen buchstäblich auf dem Kopf.

Nicht, daß ich besonders fromm gewesen wäre. Am meisten hatte ich an unserer Kirche immer den großen freien Platz vor dem Portal gemocht, auf dem wir als Kinder Fußball spielten, auch wenn der Küster wie ein Rohrspatz schimpfte. Nur während meiner Konfirmationszeit war ich vom Virus der Frömmigkeit befallen. In dieser Zeit konnte es geschehen, daß ich in einem so unbedeutenden Ereignis wie dem Flackern einer Glühbirne ein göttliches Zeichen erblickte. Ich sah Gott in den unscheinbarsten Dingen walten und fühlte seine Augen Tag und Nacht auf mich gerichtet. Diese Krankheit war jedoch nur von kurzer Dauer; wenige Monate nach meiner Konfirmation waren die Symptome verschwunden.

Trotzdem waren mir ein vager Begriff von Gott und eine klare Vorstellung von Gut und Böse geblieben. Schenkte man aber diesem Nietzsche Glauben, so gab es weder einen himmlischen Schöpfer noch verläßliche moralische Werte. Gott existierte nur in unserer Einbildung, und ob man solche Handlungen wie lügen, stehlen, töten für verwerflich erachtete, war reine Ermessenssache. Obwohl alles in mir gegen diese ungeheuerliche Auffassung rebellierte, war ich doch von ihr beeindruckt. Wie bei einem Kind, das trotz des elterlichen Verbots eine Herdplatte anfassen möchte, um zu erfahren, ob sie wirklich heiß ist, rangen zwei widerstreitende Kräfte in mir. Meine Seele war drauf und dran, dem Teufel wie eine reife Frucht in den Schoß zu fallen, und nur der Umstand, daß die Mittagspause zu Ende ging und meine bohrenden Fragen unbeantwortet blieben, bewahrte sie vor ewiger Verdammnis. Doch der Zweifel war mir ins Herz gepflanzt, und ich sollte ihn nie wieder loswerden. Von diesem Tag an las ich wieder Bücher – bessere als zuvor –, nachdem ich fast schon vergessen hatte, wie ein Buch von innen aussieht.

Nach und nach kehrten unsere Kollegen vom Mittagessen zurück, und bald waren wir wieder vollzählig. Hein und Paul war anzusehen, daß sie ihren Appetit nicht nur mit fester Nahrung gestillt hatten. Vor allem Hein hatte sich offensichtlich in den anderthalb Stunden seiner Abwesenheit um die örtliche Brauerei und den Kurs ihrer Aktien verdient gemacht. Er war überglücklich, wieder bei uns zu sein, nachdem er uns beim ersten Anlauf verfehlt hatte und dabei quer durchs Haus geschossen war. Bedurfte es noch eines Beweises, daß er nüchtern war, so glaubte er ihn hiermit geliefert zu haben. Der Vorarbeiter empfahl ihm trotzdem eine kalte Dusche.

Hein wäre ein schlechter Seemann gewesen, wenn er

diesen Rat nicht befolgt hätte. Ohne eine Sekunde zu zögern, sprang er in das frisch gereinigte, mit klarem Wasser gefüllte Nilpferdbecken neben Tonis Stall, kopfüber, in voller Bekleidung. Wie ein Kind planschte er im Wasser und ermunterte uns, es ihm gleichzutun. Wir gingen auf sein Angebot natürlich nicht ein, sondern warnten ihn davor, zuviel Wasser zu schlucken, weil wir Angst hatten, er könnte bei einer zu hohen Dosis einen Schock erleiden.

Hans fragte ihn, warum er erst jetzt in das Becken gesprungen sei und nicht ein paar Stunden früher, als es noch solche Mengen von Nilpferdmist enthalten habe, daß selbst ein Amboß darin nicht untergegangen wäre.

Bevor Hein darauf etwas erwidern konnte, ergriff Dirk das Wort und wollte von uns wissen, mit wem wir redeten und was eigentlich los sei (seine Augen hatten ihn wieder einmal im Stich gelassen). Wir begriffen sofort und erzählten ihm, der Zoodirektor sei vorbeigekommen, um uns bei unserem Unternehmen Glück und Erfolg zu wünschen, und dabei habe er das Gleichgewicht verloren und sei in das Nilpferdbecken gefallen – für einen Nichtschwimmer wie ihn kein besonders angenehmer Aufenthaltsort. Hein habe die Gefahr, in der der Zoodirektor schwebte, sogleich erkannt und mit einem eleganten Kopfsprung in das feuchte Element seine Rettung eingeleitet.

Irgendwie nahm uns das Dirk aber nicht ab, obwohl Hein, der immer mehr Gefallen an der Sache fand, mitspielte und mit näselnder Stimme, die der des Zoodirektors täuschend ähnlich klang, „Zu Hilfe, ich ertrinke!" rief.

Unsere Ausgelassenheit nahm von Minute zu Minute zu. Wie eine Seuche grassierte unter uns die Bereitschaft zum Unfug. Der virulente Erreger fraß sich durch unser Pflichtbewußtsein und zerstörte unseren ohnehin nicht sehr widerstandsfähigen Arbeitswillen. Wir vergaßen, weshalb wir hier waren und wofür wir bezahlt wurden.

Selbst der Vorarbeiter, ein Vorbild an Disziplin und Fleiß, erlag dem Bazillus. Er versprach Hein einen Tag Sonderurlaub, falls es ihm gelänge, einen Handstand zu machen, selbstverständlich unter Wasser, und dazu müsse er das Lied *Trink, Brüderlein* singen.

Hein überlegte einen Moment und erklärte sich dann einverstanden – unter der Bedingung, daß der Sonderurlaub auf zwei Tage erhöht würde. Der Vorarbeiter willigte ein, worauf Hein tief Luft holte und mit dem Kopf voran untertauchte, bis nur noch seine Schuhsohlen über dem Wasser zu sehen waren.

Wir verhielten uns still und lauschten angespannt, hörten aber nichts außer dem Blubbern von ein paar Luftblasen, die an die Wasseroberfläche stiegen. Kurz darauf tauchte Hein auf, und wir wurden Zeugen eines Hustenanfalls dritten Grades. Als der Anfall vorüber war und Hein aufhörte, wie ein Fisch auf dem Trocknen nach Luft zu schnappen, fragte er:

„Kann ich nun morgen und übermorgen zu Hause bleiben?"

Der Vorarbeiter kratzte sich nachdenklich am Kopf und gab ihm dann zur Antwort, von ihm aus könne er übermorgen gern zu Hause bleiben, denn nach seiner Kenntnis habe er da sowieso frei, aber morgen müsse er zum Dienst erscheinen, weil seine Vorstellung zwar ganz passabel gewesen sei, doch an seiner Stimme müsse er noch arbeiten; wenn er fleißig übe, könne er es vielleicht noch einmal in zwanzig Jahren versuchen.

Da war Hans großzügiger, denn er meinte:

„Also, wenn ihr mich fragt, einen Tag Urlaub hat sich Hein verdient. Wunderschön gesungen hat er ja – nur leider das falsche Lied."

Die meisten hielten es jedoch mit dem Vorarbeiter und bemängelten an Heins Unterwasserarie die geringe Lautstärke. Differenzen gab es lediglich im Hinblick auf die Zeitspanne, in der man Hein die Verbesserung seines Timbres zutraute. Während manche ihn anfeuerten, es gleich noch einmal zu versuchen, rieten ihm andere, das nächste Jahrtausend abzuwarten.

Hein ließ sich jedoch nicht entmutigen. Unsere Äußerungen spornten ihn vielmehr zu Leistungen an, die im Sport neue Maßstäbe setzten. Wieder und wieder zeigte er uns seine Schuhsohlen – freilich ohne daß die Melodie, nach der wir so sehr schmachteten, an unser Ohr gedrungen wäre. Jedesmal wenn er auftauchte, fragte er uns, von einem Hustenanfall geschüttelt: „Und, was gehört?"

Wahrheitsgemäß antworteten wir: „Nö, nicht die Bohne!"

Nach ungezählten Handständen auf dem Grund des Beckens erinnerte sich der Vorarbeiter seiner Pflicht und gebot ihm Einhalt. So wird man bedauerlicherweise nie erfahren, ob Hein zu guter Letzt nicht doch noch ans Ziel gelangt wäre. Er nannte es denn auch einen glatten Betrug, daß er unterbrochen worden war, und weigerte sich, das Becken zu verlassen. Der Vorarbeiter mußte etwas nachhelfen, indem er den Zwischenschieber ein Stück aufzog und Hein einen Blick auf Toni werfen ließ, der ihn mit weit aufgerissenem Maul begrüßte. Das Ergebnis war großartig: Wie ein Pinguin sprang Hein an Land.

Wir hatten einen Riesenspaß und hätten gerne so weitergemacht, aber ein Blick auf die Uhr mahnte uns, wieder an unsere Arbeit zu gehen. Zunächst probierten wir es noch einmal mit der Salatmethode. Doch das einzige, was wir damit erreichten, war, daß Toni mit Behagen die letzten zwei Steigen Kopfsalat verzehrte, die wir für diesen

Zweck reserviert hatten, ohne auch nur einen Schritt in die Kiste zu tun.

Nun mußten wir also doch die Versatzwände benutzen, wie es der Vorarbeiter von Anfang an vorgeschlagen hatte. Die größte Schwierigkeit hierbei war, den alten Vogt von der Notwendigkeit dieser Maßnahme zu überzeugen. Mit der Leidenschaft eines Anwalts verteidigte er Tonis Gesundheit. Wenn man ihn so reden hörte, hätte man meinen können, Toni wäre aus Porzellan gewesen. Daß uns etwas zustoßen könnte, daran dachte er offenbar überhaupt nicht. Dabei war diese Möglichkeit viel wahrscheinlicher. Wenn ich bloß daran dachte, Toni ohne ein trennendes Gitter gegenüberzustehen, bekam ich weiche Knie. Aber so war der alte Vogt nun einmal. Selbst der Vorarbeiter und der Elefantenwärter, die ihn am besten kannten, kamen nicht gegen ihn an. Allein der Gedanke, Toni mit Gewalt – oder besser, was er dafür hielt – in die Kiste zu treiben, brach ihm das Herz. Schließlich fanden wir einen Kompromiß: Der alte Vogt sollte seine Hände in Unschuld waschen und nur den Schieber bedienen, während wir die Schuld auf uns laden und hinter den Versatzwänden Kopf und Kragen riskieren wollten. Diese Lösung veranlaßte den alten Vogt zu dem Kommentar: „Das ist ein *Kompott* gegen mich, das verzeihe ich euch nie."

Aber schon tauchte ein neues Problem auf: Wer von uns sollte die Versatzwände holen? Der Vorarbeiter vertraute auf seinen Optimismus. Er setzte sich auf die *Eidechse* und wartete auf Freiwillige. Nach einer Minute war der Andrang so groß, daß er nach wie vor allein auf dem Fahrzeug saß. Das war ihm natürlich eine Spur zu wenig, und so deutete er zwei von uns heraus, um die Differenz auszugleichen. Seine Wahl fiel auf Hein und Paul, die sich ins letzte Glied geflüchtet hatten. Hein zog ein langes Gesicht, weil er wegen seiner nassen Kleider lieber bei uns geblieben wäre. Der Vorarbeiter zwinkerte uns zu und sagte:

„Kennt jemand ein besseres Mittel, um feuchte Wäsche zu trocknen, als Fahrtwind?"

Nein, kannten wir nicht, und wenn, hätten wir es für uns behalten.

Der Vorarbeiter unterstellte uns für die Dauer seiner Abwesenheit dem Kommando des Elefantenwärters. Bevor er losfuhr, rief er ihm zu:

„Gib acht, daß die Bande nicht einschläft."

Das galt Hans, Dirk und mir. Der alte Vogt spielte nämlich die beleidigte Leberwurst und hatte sich bis auf weiteres von uns verabschiedet. Die Hände auf dem Rücken, im Mund einen schwelenden Zigarrenstummel, drehte er zu Ehren seiner Uniform eine Runde ums Haus.

Die Befürchtung, wir drei könnten uns auf die faule Haut legen, sobald wir unbeaufsichtigt wären, war unbegründet. Jeder von uns suchte sich eine nützliche Beschäftigung. Ich zum Beispiel deutete auf den vielbegangenen Weg vor dem Haus und sagte:

„Du meine Güte, wie es hier schon wieder aussieht." Und schon sauste ich los und holte einen Besen.

Als der Elefantenwärter sah, mit welchem Elan ich mich dem Abfall, der auf dem Weg lag, annahm, nickte er anerkennend, was bei seinem unterkühlten Temperament viel bedeutete. Ich hatte eine tiefe Saite in ihm zum Klingen gebracht, und zufrieden zog er von dannen, mit der Gewißheit, daß ich ein Garant der Zukunft war.

Gerade als ich meine optimale Betriebstemperatur erreicht hatte und den Besen wie ein Derwisch schwang, kam Hans mit einem Schubkarren voll Runkelrüben vorbei und fragte:

„Willst du hier deinen Doktor machen?"

Was sollte das nun wieder heißen? Er mußte doch wis-

sen, daß ich nicht vorhatte, die akademische Laufbahn ein-
zuschlagen. Ich antwortete:

„Nein, ich glaube, dazu reicht es bei mir nicht."

„Wozu brauchst du dann den Besen?"

„Komische Frage. Um den Weg zu kehren selbstverständlich."

„Und du glaubst, du wirst noch heute damit fertig?"

Im nächsten Moment war ich meinen Besen los und
Hans kehrte statt meiner, und zwar mit einer Geschwin-
digkeit, als stünde er bei einem geölten Blitz unter Vertrag.
Hatte ich mich, was mein eigenes Tempo anging, für unschlagbar gehalten, so kam ich mir jetzt vor wie eine lah-
mende Mähre, an der ein rassiger Sportwagen vorbei-
braust. Es schien, als wäre Hans mit dem Besen an
mehreren Stellen zugleich. Die vorbeigehenden Besucher,
die mir ständig im Weg gewesen waren, umkurvte er, als
wären es Slalomstangen, und wo die Piste zu dicht mit
ihnen bestückt war, nahm er einfach ein paar von ihnen
mit.

Ich hatte ein völlig anderes Konzept als er. Nach einem
furiosen Start hatte ich einen ebenso rasanten Endspurt
vorgesehen, der mit der Rückkehr des Vorarbeiters zu-
sammenfallen sollte, und mir für die Zwischenzeit strikte
Ruhe auferlegt. Ich versprach mir davon, billig zu ein paar
Pluspunkten zu kommen. Aber Hans machte mir mit seinem Raketenantrieb einen Strich durch die Rechnung. Er
hatte mir den Besen noch nicht richtig aus der Hand genommen, da hatte ich ihn auch schon wieder zurück. Der
Weg war pieksauber. Papierschnipsel, Heu- und Strohreste,
zwei angebissene Butterbrote, eine leere Wasserflasche lagen fein säuberlich auf einem Häufchen an der Hauswand.
Hans sagte zu mir:

„Ich hoffe, du weißt jetzt, was von dir verlangt wird."

Ich nickte und rechnete mit dem Schlimmsten: einer neuen

Arbeit. Doch Hans fuhr fort: „Nun glotz nicht wie ein abgestochenes Kalb. Los, wir hocken uns hier auf die Stufen. Sollen die andern sich abrackern, wir schonen unsere Knochen."

Die Idee hätte von mir sein können!

Wir setzten uns auf die Eingangsstufen, und Hans bot mir eine von seinen Zigaretten an. Das war eine hohe Auszeichnung, und die Versuchung, einfach zuzugreifen, war groß. Trotzdem zögerte ich, weil ich meinem Vater mein Wort gegeben hatte, bis zu meiner Volljährigkeit nicht zu rauchen. Zur Belohnung hatte er mir zweihundert Mark versprochen, die ich in den Wind schreiben konnte, wenn ich schwach wurde. Aber bis ich einundzwanzig war, würden noch Jahre vergehen, und es war kaum anzunehmen, daß Hans sein Angebot so lange aufrechterhielt. Er war mit seiner Geduld bereits jetzt am Ende, denn er schaute mich grimmig von der Seite an und sagte:

„Ich dachte, du wärst ein ganzer Kerl. Da habe ich mich wohl geirrt."

Ich erzählte ihm von meinem Gewissenskonflikt, doch er hatte dafür kein Verständnis. Gerade noch rechtzeitig, bevor er die Zigaretten wieder in seiner Hosentasche verstaute, löste ich mich von meinem Versprechen. So kam ich zu meiner ersten Zigarette – zumindest zu der ersten, die ich nicht verstohlen in einer dunklen Ecke rauchte.

Das Gefühl, neben Hans zu sitzen und mit ihm eine Zigarette zu rauchen, war erhebend. Das Ein- und Ausatmen des Rauches hatte etwas von einem archaischen Ritual, eine Art Initiation, mit der ich in den Kreis der Erwachsenen aufgenommen wurde. Schon nach dem ersten Zug fühlte ich mich bedeutend älter. Mir war, als hätte ich an Gewicht und Größe zugenommen, und auch in geistiger Hinsicht machten sich Veränderungen bemerkbar. Als

Hans mich fragte, ob ich eine Ahnung habe, wo Dirk stecke, erlaubte ich mir zu antworten:

„Er ist draußen bei den Elefanten. Ich glaube, dort ist er gut aufgehoben. Elefanten sind die einzigen Lebewesen, Mammutbäume ausgenommen, über die er nicht stolpert, vorausgesetzt die Sonne scheint und das Flutlicht ist eingeschaltet."

Noch vor einem Augenblick hätte ich nicht gewagt, mich über einen älteren Kollegen lustig zu machen, erstens weil es sich nicht gehörte, und zweitens weil die Strafe auf dem Fuße gefolgt wäre, aber jetzt tat ich es, und Hans tadelte mich nicht dafür, sondern er lachte über meine Bemerkung und sagte:

„Dein Mundwerk sitzt ganz schön locker für dein Alter. Aber es zeigt, daß du deine fünf Sinne beisammen hast und daß dein Verstand funktioniert." Und er fügte hinzu, das sei bei den wenigsten Menschen der Fall. „Du brauchst dich nur umzuschauen und dir die Leute, die hier an uns vorbeigehen, einmal näher anzuschauen", empfahl er mir. „Ihr Studium bringt mehr Gewinn als das sämtlicher anthropologischer Werke, denn es ist so ziemlich alles vertreten, was uns als höhere Wesen vor der restlichen Welt auszeichnet. Du erlebst täglich neue Überraschungen."

Und dann erzählte er mir, was er neulich erlebt hatte:

„Wenn ich bloß an diese Geschichte mit den Schildern denke", sagte er. „Weißt du, die Sache hing damit zusammen, daß im Raubtierhaus, wo ich letzte Woche zu tun hatte, die Außenkäfige renoviert wurden, so daß ich die Raubtiere nicht wie üblich zum Saubermachen aussperren konnte – obwohl die Versuchung groß war. Was glaubst du, wie die Jungs da draußen geflitzt wären! Ich bringe also drinnen die Tiger in einem freien Käfig unter und rücke dann die restliche Gesellschaft nach: die Leoparden in den

Tigerkäfig, die Hyänen in den Leopardenkäfig und so weiter. Jetzt kann ich einen Käfig nach dem anderen reinigen, indem ich mit dem letzten, der frei geworden ist, anfange und die Tiere nach und nach wieder zurücksperre. Ich will gerade loslegen, kommt so ein kleiner Bub, schätze fünf Jahre alt, mit seinem Vater vorbei, stellt sich vor den Hyänenkäfig, in dem vorübergehend ein einzelner Löwe sitzt, und ruft: ʻDa, Papa, eine Löwe!ʼ Der Vater, der nur mit halbem Ohr hingehört hat, reagiert kaum und will schon weitergehen, da fällt sein Blick auf das Schild, das vor dem Käfig angebracht ist und auf dem die Käfiginsassen abgebildet und kurz beschrieben sind. Er stutzt, schaut auf das Schild, dann auf den Löwen. Das macht er so an die zehnmal. Schließlich breitet sich so ein Glanz auf seinem Gesicht aus, so ein mildes, sanftes Lächeln, das ihn aussehen läßt wie einen meditierenden Buddha, und mit diesem weisen Gesichtsausdruck beugt er sich über seinen Filius und sagt zu ihm mit der Autorität eines Experten, der acht Semester Zoologie auf dem Buckel hat: ʻDas da ist kein Löwe, das ist eine Hyäne!ʼ Der Bub schaut zuerst etwas ungläubig drein und guckt sich die Hyäne, die ein Löwe ist, noch einmal an. Dann aber lächelt er und nickt mit dem Kopf. Der Vater nimmt ihn an die Hand, und weiter geht's zum nächsten Käfig. Dort sind normalerweise die Leoparden untergebracht, aber jetzt die Hyänen, und bei ihnen angelangt, fragt der Kleine: ʻWas sind das für Tiere, Papa?ʼ Jetzt wird's interessant, denke ich, bin gespannt wie sich der Alte aus der Affäre zieht. – Na, was meinst du?"

„Hat er sich etwa auch diesmal von dem Schild täuschen lassen?" erwiderte ich. „So dumm wird er doch nicht gewesen sein."

„O doch, war er!" sagte Hans. „Er glaubt, daß er Leoparden vor sich hat, auch wenn's eindeutig Hyänen sind. Und so macht er es die ganze Käfigreihe runter, immer verkehrt. Nur bei den Tigern wird er unsicher und weiß nicht, um welche Raubtiere es sich handelt, weil dort vor dem Käfig kein Schild hängt."

Hans schüttelte den Kopf, als könne er es noch immer nicht fassen. Dann sagte er, indem er um sich blickte, es sei so ein Tag wie heute gewesen, wo sich die Besucher auf den Füßen stehen und einem Löcher in den Bauch fragen. Er wundere sich schon die ganze Zeit, daß uns noch niemand um eine Auskunft gebeten habe. Das hätten die Leute nämlich so an sich. Egal wo man stehe oder gehe und wie unauffällig man sich auch benehme, sie würden einen überall ausfindig machen, selbst im dicksten Gewühl, und einen mit ihren intelligenten Fragen zur Verzweiflung bringen. Er habe sich schon oft gefragt, ob es vielleicht an unserer Kleidung liege oder an unserem Geruch, der uns berufsbedingt anhafte. Aber daran könne er nicht so recht glauben, weil er die Erfahrung gemacht habe, daß einen die Leute auch dann ansprechen würden, wenn man Zivil trage und nach Veilchen dufte.

„Auf jeden Fall", fuhr er fort, „kommt eine ältere Frau auf mich zu, die mitgekriegt haben muß, was der Alte zu dem Kleinen gesagt hat, denn sie fragt mich, ohne die Schilder zu beachten: 'Entschuldigung, wann werden die Tiger gefüttert?' und zeigt dabei mit dem Finger auf die Leoparden!"

Na, das mußte ich erst einmal verdauen. Schon die Geschichte mit diesem Vater und seinem Sohn hatte in meinem Oberstübchen für einen munteren Betrieb gesorgt, aber die mit der Frau gab meinen grauen Zellen noch mehr Beschäftigung. Nach einer kurzen Pause fragte ich Hans, ob er die Dame über ihren Irrtum aufgeklärt habe. Er antwortete mir:

„Sicher. Es ist doch eine unserer vornehmsten Pflichten, unserer zahlenden Kundschaft Auskunft zu erteilen. Ich war die Höflichkeit in Person und habe der alten Fregatte gesagt, wann die Fütterungszeit ist und daß es sich bei ihren Tigern um schlichte Leoparden handelt. Aber was macht diese Person? Gibt sie sich mit dieser Information zufrieden? Nein! Sie hat mit den Leoparden ihre Zweifel und fragt mich, ob ich mir wirklich sicher sei! Und dann entdeckt sie das Schild, liest es und sagt entrüstet: 'Also hatte ich doch recht, es sind Tiger!' Da geb' ich's auf und verdrücke mich so schnell ich kann."

Na, ich war platt wie ein Pfannkuchen. Es dauerte eine Weile, bis ich mich erholt hatte. Leuchtend, wie das Antlitz der Menschheit für mich noch war, wollte ich den Schatten, der auf unsere Gattung gefallen war, von ihr nehmen. Ich sagte:

„Man könnte wirklich meinen, man hätte es mit Idioten zu tun. Doch vielleicht ist dieses Urteil zu hart. Für uns ist es leicht, einen Tiger von einem Leoparden zu unterscheiden, ja wir können ohne Schwierigkeiten ein Dutzend Löwen auseinanderhalten und jeden beim Namen nennen, weil wir uns von Berufs wegen mit Tieren auskennen müssen. Von einem Laien kann man das nicht erwarten. Wenn man mir zum Beispiel verschiedene Schiffe zeigen würde und ich sollte sagen, zu welchem Typ sie jeweils gehören, wäre ich mit meinem Latein auch bald am Ende. Natürlich wüßte ich, was ein Segelschiff und was ein Dampfer ist, aber bei einem Schoner und einer Bark, einer Jolle und einer Yacht, einer Kogge, einem Kutter, Katamaran, Dschunke, Barke, Barkasse, und wie die Dinger alle heißen, käme ich auch ganz schön ins Schwitzen. Trifft das nicht auch auf diese Leute zu? Wahrscheinlich hätte ich an ihrer Stelle auch blind den Schildern vertraut."

„Daran zweifle ich nicht", brummte Hans.

Meine Selbstsicherheit zerlief bei diesen Worten wie

Schmalz in der Bratpfanne. Während ich meinen Trumpf ausgespielt hatte, schien Hans noch ein As im Ärmel zu haben. Er fragte mich:

„Nehmen wir einmal an, du hast noch nie einen Fuchs gesehen und jemand zeigt dir einen, dann merkst du dir doch, wie ein Fuchs aussieht?"

„Ich glaube schon", gab ich zur Antwort. „Doch was ist", gab ich zu bedenken, „wenn man mir etwas Falsches sagt und der Fuchs gar kein Fuchs ist, sondern ein anderes Tier, sagen wir ein Wolf?"

„Natürlich, der Fall ist nicht auszuschließen, aber an der Sache ändert das nichts. Dann hieltest du eben einen Wolf für einen Fuchs. Kannst du mir folgen?"

Ich nickte.

„Gut. Wie würdest du dann einen Menschen nennen, für den ein Fuchs sowohl ein Wolf als auch ein Fuchs ist? Geistig unterbelichtet, sagst du? Nun, das ist milde ausgedrückt, wenn ich an diesen Vater denke, von dem ich dir gerade erzählt habe. Er und sein kleiner Sohn kamen noch einmal ins Haus, nachdem alle Raubtiere wieder in ihren angestammten Käfigen saßen. Zufällig fängt in diesem Moment der einzelne Löwe, den dieser angehende Professor vor zwei, drei Stunden zur Hyäne erklärt hat, zu brüllen an, daß die Wände wackeln. Sofort stürzt sich alles, was Beine hat, in Richtung des Gebrülls, um herauszufinden, wer da solch einen Höllenlärm macht, allen voran der Hohlkopf mit seinem Sohn. Sie mischen sich unter die Menge, die sich vor dem Käfig des brüllenden Löwen zusammendrängt, und sind von dem Radau schwer beeindruckt. Als dem Löwen nach einer Weile die Puste ausgeht und man endlich wieder sein eigenes Wort versteht, bin ich gerade beim Tränken und komme mit meiner Gießkanne voll Wasser an den beiden vorbei, und da höre ich, wie der Kleine seinen Alten fragt: 'Papa, brüllen Hyänen immer so laut?' Na, was soll ich dir sagen, antwortet der doch tatsächlich: 'Aber das ist doch keine Hyäne. Weiß du denn nicht, daß das ein Löwe ist?!' Daraufhin erstarrt der Bub zu Stein und macht ein Gesicht ... gerade so wie du jetzt."

Mir war die Kinnlade heruntergefallen, und ich mußte wohl geschaut haben, als wäre soeben eine fliegende Untertasse an mir vorbeigeflogen. Ich weiß nicht, wie lange ich noch so mit offenem Mund dagesessen hätte, wenn mich nicht das Geknatter der *Eidechse*, das von weitem zu hören war, aus meiner Starre befreit hätte.

Die *Eidechse* bog mit Karacho um die Ecke und hielt vor uns an. Das Motorengeräusch trommelte auch den Elefantenwärter, Dirk und den alten Vogt herbei, der Verstärkung mitbrachte, einen Jungen von etwa neun Jahren, den er am Oberarm festhielt und neben sich herführte. Der Vorarbeiter stellte den Motor ab, runzelte die Stirn, als er den Jungen sah, und sagte zu dem alten Vogt, während er vom Sitz stieg und Hein und Paul hinter ihm von der Ladefläche sprangen:

„Schön, daß du uns noch einen Helfer bringst. Ich fürchte nur, der Knirps fällt schon mit einem leeren Pappkarton um."

Der alte Vogt antwortete ihm:

„Stell dir vor, der Bengel wollte die Elefanten mit Kaugummi vergiften!"

„Warum hast du ihn nicht gleich zu den Krokodilen gesperrt?" tadelte ihn der Vorarbeiter.

Hans fragte den Jungen, ob er die Kaugummis wenigstens aus der Verpackung genommen habe. Der Junge grinste verlegen und sagte ja.

„Gut", tröstete ihn Hans, „dann lassen wir noch einmal Gnade vor Recht ergehen und schmeißen dich zu den Piranhas."

Alle, bis auf den Jungen, lachten, auch ich, weil ich keine Lust hatte, daß man mir ebenfalls damit drohte, mein Leben als Fischfutter zu beschließen.

„Ich glaube, wir lassen den Stromer besser laufen, sonst bekommen die Krokodile am Ende noch Magenkrämpfe", entschied der Vorarbeiter. „Und nun ab mit dir, bevor ich es mir anders überlege!" herrschte er den Jungen an.

Der alte Vogt ließ den Jungen los, und der rannte davon, als gelte es sein Leben, und darum ging es in gewisser Weise ja auch.

„Seht ihr", bemerkte der alte Vogt stolz, „ohne mich klebten den Elefanten jetzt die Därme ineinander."

Und dann fragte er uns, ob wir mal sehen wollten, was er sonst noch so alles aufgelesen habe. Na klar, wollten wir. Er leerte seine Taschen aus, und mit dem, was da hervorkam, hätte er sich selbständig machen und einen Gemischtwarenladen eröffnen können. Das ganze Zeug hatte er aus dem Elefantengraben. Hein nahm einen verbogenen Mercedesstern aus dem Sortiment, drehte ihn zärtlich zwischen den Fingern, als wäre er aus purem Gold, und sagte: „So einen Schlitten wollte ich schon immer fahren. Schade, daß die Elefanten den Rest gefressen haben."

Hans riet ihm, noch einmal bei den Elefanten nachzuschauen, denn sie seien für ihre schlechte Verdauung bekannt. Vielleicht wäre von dem Auto noch etwas übrig.

Ich weiß nicht mehr, wer von uns die Frage stellte, ob es nicht an der Zeit wäre, unsere Arbeit fortzusetzen. Ich war es mit Sicherheit nicht. Auf alle Fälle war es das Startsignal, die Versatzwände – drei an der Zahl – abzuladen und vor Tonis Stall zu tragen. Der alte Vogt nahm dies erneut zum Anlaß, um uns der vorsätzlichen Tierquälerei zu bezichtigen. Der Vorarbeiter wollte nichts mehr davon hören und entgegnete, daß der wichtigste Mann der am Schieber sei, also letztlich er es in der Hand habe, ob Schraubzwingen und glühende Eisen angewendet werden müßten oder nicht. Gegen dieses Argument kam der alte Vogt nicht an. Er brummelte etwas wie „gemeine Erpressung" und ging widerstrebend nach draußen, wo er auf der Kiste seinen Platz einnahm.

Als der alte Vogt gegangen war, teilten wir uns in zwei Gruppen zu je drei Mann auf. Jede Gruppe packte eine Versatzwand und ging damit in Tonis Stall. Drinnen formierten wir uns zu einem V und warteten auf die Anweisungen des Vorarbeiters, der unsere Aktion von außen leitete. Toni, der unsere Vorbereitungen argwöhnisch verfolgt hatte, hieß uns mit gesenktem Kopf und angelegten Ohren willkommen. Er schien uns in Atome zertrümmern zu wollen. Und wie um zu bestätigen, daß diese Vermutung richtig war, startete er einen Angriff, noch ehe wir uns überhaupt in Bewegung gesetzt hatten. Obwohl es nur ein Scheinangriff war, löste sich unsere Schlachtordnung in ein heilloses Durcheinander auf. Ich schaute zu Hans und Paul, die sich mit mir an eine der beiden Versatzwände klammerten, um zu sehen, ob es ihnen so erging wie mir und sie sich auch auf die Spitze eines hohen Turmes wünschten. Wenn ich Pauls Gesichtsausdruck richtig deutete, dann standen wir bereits mit einem Bein im Grab, während Hans offenbar gegenteiliger Ansicht war, denn er nannte uns einen Haufen erbärmlicher Memmen. Aus diesen beiden Einschätzungen bildete ich den Mittelwert. Das Ergebnis war insoweit beruhigend, als es zeigte, daß wir nicht mit einem Bein, sondern nur mit einem halben im Grab standen.

Nachdem wir unsere Reihen wieder geordnet hatten, setzte sich unser Heer in Marsch. Der Vorarbeiter rief uns zu, wir sollten uns nicht noch einmal von Toni ins Bockshorn jagen lassen. Er hatte gut reden. Wie konnten wir denn im voraus wissen, ob Toni nur blufft? Trotz dieser

Ungewißheit hielt ich tapfer mit unserer Streitmacht Schritt, aber im Inneren lief ich mit Volldampf rückwärts. Nach wenigen Metern hatten wir den Gegner eingekesselt, was wir daran merkten, daß wir nicht mehr vorankamen. Wir mobilisierten unsere Reserven und stemmten uns mit aller Kraft gegen die Versatzwände. Langsam, Zentimeter um Zentimeter, rückten wir vor, bis wir die Nachhut des Gegners, seinen ausladenden Hintern, in die Kiste gedrängt hatten. Dann erfolgte der Gegenangriff. Unser Vormarsch wurde abrupt gestoppt. Von einer Sekunde auf die andere traten wir den Rückzug an und verlegten die Front nach draußen vor den Stall.

Der Gegner nahm an unserer Ausrüstung, die wir, um beweglicher zu sein, zurückgelassen hatten, fürchterliche Rache und führte uns vor, was uns geblüht hätte, wenn wir nicht rechtzeitig die Flucht ergriffen hätten. Mit der Wucht einer Planierraupe walzte er über die Versatzwände und versuchte, sie mit seinen langen Eckzähnen zu durchbohren, und nur weil sie flach am Boden lagen und ihm dadurch kaum einen Angriffspunkt boten, überstanden sie seinen Vergeltungsschlag ohne nennenswerten Schaden. Er feierte seinen Triumph mit einem Fanfarenstoß und ging dann daran, ihn in einem Monument zu verewigen, einzigartig und unvergleichlich, wie es die Welt noch nicht gesehen hatte. Das Material dazu pumpte er eimerweise aus sich heraus, so daß sein rastlos rotierender Pinsel kaum nachkam, die hervorquellenden Massen auf Wand und Boden zu wirbeln. Als seine paukengroße Tube leer und aller Werkstoff kunstgerecht verteilt war, hatte er ein Werk von überwältigender Schönheit geschaffen, welches das Chaos unserer überstürzten Flucht in einer tiefen Symbolik von scheinbar beziehungslos zueinander stehenden Tupfern, Spritzern, Flecken und Streifen treffend darstellte. Noch heute, wenn ich vor einem modernen Kunstwerk stehe, kann ich nicht umhin, es an jener epochalen Leistung zu messen, und ich muß gestehen, daß ich bislang nichts gesehen habe, was es mit ihr hätte aufnehmen können.

Nach diesem Fehlschlag wurden Hein und Paul ausgeschickt, um Hilfe zu holen. Durch die Verdopplung unserer Streitkräfte sowie durch die dritte Versatzwand als Wunderwaffe sollte der Gegner sein Waterloo erleben. Bis dahin war die Truppe zur Untätigkeit verdammt. Aber nicht alle Truppenteile waren bereit, sich an diese taktische Maßnahme zu halten. Hans, der unsere Niederlage am wenigsten wahrhaben wollte, verlor als erster die Geduld. Allein und ohne Befehl brach er den Waffenstillstand, indem er die fettgeschützte Nachhut des Gegners mit einer langen Eisenstange angriff, bevor die beiden Kuriere mit dem Entsatzheer anrückten. Die mit Erbitterung geführte Attacke dauerte fast fünf Minuten, erbrachte jedoch nichts, außer daß sie den Kampfgeist des Gegners stärkte und den unserer ein Mann starken Vorausabteilung schwächte. Ausgerechnet der sonst so zurückhaltende Dirk hatte den Ehrgeiz, für den erschöpften Kameraden in die Bresche zu springen. Er riß ihm die Eisenstange aus der Hand und setzte den Vorstoß auf des Gegners schwerfälligen Troß fort, ungeachtet anderslautender Befehle. Doch stieß er an dem anvisierten Ziel vorbei, sei es aus überschäumendem Eifer oder aus notorischer Blindheit, und traf die Vorhut des Gegners, wo dessen schwerbewaffnete Eliteeinheiten waren, die sofort ihre tödlichen Elfenbeinhauer und ihren alles zertrümmernden Rammbock in Stellung brachten und den Angriff erwiderten. Mit der Leichtigkeit einer Feder wurde Dirk die Eisenstange aus der Hand geschlagen. Wie in Zeitlupe sah ich sie auf uns zukommen. Jemand rief „Vorsicht!", und der Vorarbeiter, der mir am nächsten stand, duckte sich. Aus der Ferne hörte ich mich noch zu ihm sagen:

„Herr Kallmann, Herr Kallmann, ich glaube mir wird schlecht!"

Als ich zu mir kam, lag ich langgestreckt auf dem Fußboden und blickte in das besorgte Gesicht des Vorarbeiters, der sich über mich beugte und mich nach meinem Gesundheitszustand fragte. Die Antwort fiel mir nicht leicht, weil in meinem Kopf ein Orchester von Verrückten auf Pauken, Becken, Triangeln und Trommeln hieb. Außerdem nahm etwas Warmes, das hinter meinem rechten Ohr den Hals hinabbrann, meine Aufmerksamkeit in Anspruch. Ich faßte an meinen Hals und zog eine blutige Hand zurück. Ich streckte sie dem Vorarbeiter als Antwort entgegen. Das wäre beinahe zu viel für ihn gewesen, denn er konnte, was ich nicht wußte, kein Blut sehen, schaffte es aber dennoch, bis zu meinem Abtransport auf den Beinen zu bleiben. Unser Fahrer, der draußen vor dem Haus im Lastwagen wartete, sollte mich ins nächste Krankenhaus fahren. Er mußte aber erst geweckt werden, weil er hinter dem Lenkrad eingeschlafen war. Es war ein ziemlicher Schock für ihn, so unsanft aus seinen Träumen gerissen zu werden. Auf der Fahrt zum Krankenhaus war er der Situation denn auch kaum gewachsen und machte um meine Kopfverletzung ein solches Theater, daß ich zum Schluß selbst glaubte, ich müßte den Rest meines Lebens im Rollstuhl verbringen. Der Arzt, der mich behandelte, diagnostizierte jedoch lediglich eine tiefe Platzwunde am Hinterkopf, die genäht werden mußte. Anschließend legte mir eine Krankenschwester einen Kopfverband an, und als sie fertig war, sah ich einem indischen Fakir nicht unähnlich.

Am nächsten Tag ging ich schon wieder zur Arbeit. Vor der Treppe zum Umkleideraum traf ich einen Arbeitskollegen, der mir vom Ausgang unserer Expedition berichtete. Zu meiner Überraschung erfuhr ich, daß Toni, kurz nachdem ich fort war, ganz von allein in die Kiste spaziert war, wofür niemand eine schlüssige Erklärung hatte. Man munkelte jedoch, der alte Vogt habe ihn mit einem geheimen Zauber belegt, der ihn zu einem willenlosen Werkzeug machte.

Ich stieg die Stufen zum Umkleideraum hinunter und rechnete mit einem triumphalen Empfang. Mochte meine fremdartige Kopfbedeckung mir auch ein lächerliches Aussehen verleihen, ich trug sie mit Stolz, legte sie doch Zeugnis ab von meinem Heldentum. Der Glanz meines Ruhmes hätte alles überstrahlen und meine Kinder und Kindeskinder sich in ihm noch sonnen können, hätte es nicht jene unbedachte Äußerung gegeben, die mir in einem schwachen Moment entschlüpft war. Ich hätte mich ohrfeigen können für diese Unbedachtsamkeit, die meinen Weg, der ein Triumphzug hätte werden sollen, mit Dornen spickte. Ich war noch auf der Treppe, als von unten aus dem Umkleideraum die bitteren Worte zu mir heraufdrangen, die wie Messer in mein Fleisch schnitten und die ich an diesem Tag nicht zum letzten Mal hörte:

„Herr Kallmann, Herr Kallmann, ich glaube mir wird schlecht!"

Karl

Als Karl im Alter von vier Jahren zu uns in den Frankfurter Zoo kam, war er bereits um den halben Erdball gereist. Er war gebürtiger Indonesier. Genaugenommen stammte er aus den Wäldern Borneos. Seinen deutschen Namen verdankte er einem alten Tierpfleger gleichen Namens, weil er wie dieser eine Glatze trug (sein Namensvetter bei seiner Pensionierung, er bei seiner Ankunft). Ansonsten hatte er an Haaren keinen Mangel. Rostrot wuchsen sie ihm am ganzen Körper. Auf der Haut hatte er geheimnisvolle Flecken. Sie waren weder Muttermale noch Tätowierungen noch Narben, die eine Wunde hinterlassen hatte, auch keine Anzeichen einer schrecklichen Krankheit. Sie waren vollkommen harmlos und typisch für einen jungen Orang-Utan aus Borneo. Karl war ein solcher Orang-Utan. Und was für einer! Er war nicht irgendein Affe, kein x-beliebiger Orang-Utan. Er war eine Persönlichkeit.

Mit den Orang-Utan-Mädchen Palem und Radja, dem halbwüchsigen Telok und der fast erwachsenen Djambi teilte Karl ein Gehege. Unter ihnen war er der größte Schaukelkünstler, der es wie kein anderer verstand, mit geringstem Kraftaufwand an einer Liane aus Hartgummi zu schaukeln. Wie ein Uhrpendel schwang er vom Gitter zur Käfigwand und zurück, betont lässig, aber voller Elan, Minute um Minute, wobei er zwischendurch einen kleinen Imbiß zu sich nahm. Nur gelegentlich legte er eine kurze Pause ein, um von oben einen Blick auf seine Umgebung zu werfen, damit ihm nur ja nichts entging.

Weniger geschickt war er beim täglichen Nestbau. Während Djambi eine wahre Meisterin darin war und ihre kunstvollen Knoten sogar einen Seemann in Staunen versetzt hätten, kam Karl über das Biegen einer einfachen

Schlinge nie hinaus. Das raffinierte Verknoten von Zweigen oder Holzwolle war für ihn ein Buch mit sieben Siegeln. Zwar gab er sich alle erdenkliche Mühe, es Djambi, seinem großen Vorbild, gleichzutun. Aber hatte er einmal einen brauchbaren Zweig gefunden und es geschafft, ihn einigermaßen zurechtzubiegen, federte dieser bestimmt wieder in seine Ausgangsstellung zurück, worauf Karl ihm mißmutig ein paar Schläge mit dem Handrücken verpaßte und ihn nach mehreren gescheiterten Versuchen schließlich links liegen ließ oder aber kurzerhand Kleinholz aus ihm machte.

Karl verstand sich besser auf das Zerlegen eines Gegenstandes in seine Einzelteile. Vor ihm war nichts sicher. Was andere durch Einfallsreichtum lösten, erreichte er durch Körperkraft. Das zeigte sich zum Beispiel an den Vorhängeschlössern, mit denen die Menschenaffenkäfige zusätzlich abgesichert wurden. An sich waren diese Schlösser recht widerstandsfähig. Aber kein gewöhnliches Vorhängeschloß widersteht unbeschadet ständigem Rütteln und Schütteln, Zerren und Reißen – besonders dann nicht, wenn der Bügel des Schlosses so lang ist, daß er unermüdlichen Orang-Utan-Händen als Hebel dient. Steter Tropfen höhlt bekanntlich den Stein, und Beharrlichkeit führt zum Ziel. Der Verschleiß an Schlössern dieser Art war beachtlich. Ich hätte auch nie gedacht, daß sie aus so vielen Teilen zusammengesetzt sind! Es blieb uns gar nichts anderes übrig, als die Schlösser mit den langen Bügeln gegen solche mit möglichst kurzen auszutauschen. Erst dann gab es für Karl hier nichts mehr zu tun. Um so mehr betätigte er sich auf anderen Gebieten.

Da die Käfige rund einen Meter über dem Boden lagen, war vor jeder Käfigtür auf halber Höhe ein Trittbrett angebracht, um leichter ein- und aussteigen zu können. Doch was uns recht war, war Karl billig, denn die Trittbretter waren mit einem abnehmbaren Rost versehen, den er und seine Genossen für ihre eigenen Zwecke nutzten. Obwohl der Rost für sie unerreichbar schien, trotz ihrer langen Arme, angelten sie ihn vom Trittbrett und zogen ihn in ihren Käfig, wo er ihnen als Hammer, Raspel, Sieb, Waffeleisen oder Wurfgeschoß diente. Das war auf die Dauer weder ihnen noch der Einrichtung zuträglich. Ein erbitterter Kampf um den Verwendungszweck eines Gebrauchsgegenstandes entbrannte, auf der einen Seite die Partisanen unter der Führung von Karl, auf der anderen die regulären Truppen, vertreten durch uns. Das Schlachtenglück wogte hin und her, tage- und wochenlang. Schließlich befahl Horst, unser Kommandant, die weiße Fahne zu hissen, das heißt, wir entfernten den Rost, wenngleich wir dadurch auf dem Trittbrett keinen festen Stand mehr hatten.

Die Bande hatte es wahrhaftig faustdick hinter den Ohren. Sie funktionierte harmlose Weidenzweige, die wir ihr zur Beschäftigung gaben, in spitze Ruten um, mit denen sie die Bananen und Apfelsinen in dem Futtereimer vor ihrem Käfig aufspießte, zu sich heranholte und so die Fütterungszeit vorverlegte.

Aber nicht nur wir Tierpfleger, sondern auch einige Handwerker konnten von ihren Streichen ein Lied singen. Weil es in einem Menschenaffenhaus immer recht warm ist, sagten sich die Handwerker, wenn sie dort eine Zeitlang gearbeitet hatten: Nichts wie raus aus den Klamotten! Sie zogen ihre Hemden aus und legten sie vor den Käfigen ab – in sicherer Entfernung, wie sie im nachhinein beteuerten. Aber mit ihren Hemden geschahen Dinge, die sie sich nicht hätten träumen lassen. So mancher von ihnen verließ das Haus ohne sein Hemd. Karl und seine Spießgesellen hatten es einer Spezialbehandlung unterzogen, nach der es auch den geringsten Anforderungen, die man an ein Kleidungsstück stellt, nicht mehr genügte.

Nun zeichnete Karl sich keineswegs nur durch Körperkraft aus. Auf den Kopf gefallen war er jedenfalls nicht, wie die Sache mit den Äpfeln zeigte.

Mit einem Apfel läßt sich ja allerlei anstellen. Die kleine Radja hielt es in dieser Beziehung mit der Hausfrau, deren Kochkunst noch nicht der Konservendose zum Opfer gefallen ist: Sie rieb ihre tägliche Apfelration eigenhändig an den rauhverputzten Wänden zu Apfelmus. Äpfel „natur" waren für sie etwas viel zu Gewöhnliches. Mit ihrer Methode brachte sie Abwechslung in den Speiseplan.

Auch für Karl war das Apfelmus eine Delikatesse. Aber auf seine Herstellung verzichtete er, weil ihm der Aufwand zu groß war. Er bediente sich viel lieber bei Radja, mochte sie darüber vor Verdruß auch Gift und Galle spucken. Meistens war sie jedoch so vertieft in die braunen Muster, die der Saft der Äpfel auf den Wänden hinterließ, daß sie den Diebstahl gar nicht bemerkte und Karl ihr sogar bei der Arbeit über die Schulter schauen konnte.

Karl war immer für eine Überraschung gut. Ich erinnere mich an einen herrlichen Sommermorgen im Zoo. Ich hatte meinen freien Tag und wollte ungestört einige Tiere photographieren. Es waren noch keine Besucher da, und eine ungewohnte Ruhe herrschte. Nur dann und wann wurde die Stille von Tierstimmen unterbrochen, die mir ganze Geschichten erzählten. Als ich bei den Menschenaffen vorbeikam, sah ich außen vor einem Schieber die schwere Plastikklappe auffliegen, und schon landete Karl mit einem Sprung im Außenkäfig, im Fuß einen großen Putzlappen, den er einem meiner Kollegen entwendet haben mußte. Dicht auf den Fersen folgte ihm Djambi, die ihm den Lappen abzujagen versuchte. Als Ältere fühlte sie sich dazu berechtigt. Aber Karl zeigte ihr, daß er seinen Kopf nicht nur dazu hatte, um ihn mit Salatblättern zu schmücken. Er kletterte geschwind das Gitter hinauf, bis er sich einen genügend großen Vorsprung verschafft hatte. Dann hielt er inne und riß, nur an den Armen hängend, den Lappen mit den Füßen in zwei fast gleich große Hälften. Die eine behielt er in seinem Fuß, die andere ließ er Djambi, die direkt unter ihm war, auf die Nase fallen. Damit gab sie sich zufrieden.

Mit zunehmendem Alter begann Karl sich für das andere Geschlecht zu interessieren. Djambi, Palem und Radja waren für ihn nun nicht mehr bloß Spielgefährtinnen. Wenn sie ihn bei seinen Annäherungsversuchen abblitzen ließen, mußte ein Abflußröhrchen herhalten, an dem er sich ungeniert abreagierte.

Eine unangenehme Begleiterscheinung seines Heranwachsens war, daß er immer häufiger den starken Mann markierte. Ich hatte schon eine Zeitlang Schwierigkeiten mit ihm, aber sein erster Angriff traf mich völlig unvorbereitet. Er dachte gar nicht daran, mir zu gehorchen. Ich brüllte ihn an, aber er antwortete mir in der gleichen Lautstärke, mit tiefen, röhrenden Kehllauten. Seine Haare standen zu Berge, daß ich sie hätte zählen können, wenn er mir dazu Zeit gelassen hätte. Aber ehe ich mich's versah, lag ich am Boden und Karl auf mir. Er umklammerte meine Beine, grub seine Zähne in mein rechtes Bein und hatte es als nächstes auf meinen Unterleib abgesehen. Das alles geschah in Sekundenschnelle. Es gelang mir schließlich, mich aus seiner Umklammerung zu befreien. Ich drosch mit dem Schlüsselbund auf ihn ein, was das Zeug hielt. Das wirkte – er ließ von mir ab. Ich spielte den Gelassenen, um mein Gesicht zu wahren, verdrückte mich aber dennoch schleunigst.

Die Bilanz: Mein rechter Gummistiefel war der Länge nach zerrissen, ein Hosenbein vom Knie bis zur Hüfte aufgetrennt, das Hemd in Fetzen, während Karl nicht einmal eine Beule hatte. In der Sprache des Boxsports ausgedrückt: Karl gewann den Kampf klar nach Punkten. Zu meinem Glück hatten wir keine Zuschauer.

„Mann, was Farben! Ein Regenbogen ist nichts dagegen!"

Das war Horsts fachmännisches Urteil, als er zwei Tage später mein farbenfrohes Bein begutachtete. Glücklicherweise hatte Karl noch keine langen Eckzähne, sonst wäre ich nicht mit Blutergüssen davongekommen.

Bald darauf probte Karl erneut den Aufstand. Er tobte wie ein Besessener und befolgte meine Weisungen nicht im mindesten. Aber ich hatte meine Lektion gelernt. Diesmal hatte ich schlagkräftigere Argumente zur Hand und mir für alle Fälle ein Handtuch vorn in die Hose gestopft.

Als die Käfigtür hinter mir zufiel und ich Karl Auge in Auge gegenüberstand, regierte nur noch das Faustrecht. Du oder ich. Das war die Frage. Wir waren angetreten, sie zu beantworten – er mit Klauen und Zähnen, ich mit Knüppel und Fäusten. Ich entschied die Angelegenheit zu meinen Gunsten. Karl gab sich geschlagen. Danach war meine Wut auf ihn verflogen, und obwohl er die Tracht Prügel verdient hatte, tat er mir sehr leid.

In den darauffolgenden Wochen war er mir gegenüber so unterwürfig, daß es mir beinahe peinlich war. Doch von einem Tag auf den anderen war er wieder so aufsässig wie zuvor, und ich sah mich gezwungen, ihn ein weiteres Mal in die Schranken zu weisen. Vier ungebetene, aber höchst willkommene Bundesgenossen standen mir dabei zur Seite: Djambi, Radja, Palem und Telok unterstützten mich nach Leibeskräften, bissen und schlugen Karl. Aber trotz dieser eindeutigen Parteinahme konnte es so nicht weitergehen. Karl würde früher oder später keinen Menschen mehr in seinem Herrschaftsbereich dulden. Da war es klüger, aufzugeben und nicht mehr zu Karl in den Käfig zu gehen.

Diese Entscheidung, so richtig sie auch war, brachte einige Nachteile mit sich. Mit der gerechten Verteilung des Obstes war es vorbei: Wer zuerst kam, aß zuerst. Mit unseren ausgelassenen Spielen, die uns so viel Spaß gemacht hatten, war es ebenfalls aus.

Bevor es dazu kam, trieb mich allerdings der Ehrgeiz noch einmal zu Karl in den Käfig. Es war an einem Fastnachtsdienstag. Der Zoo war voller Narren (wie sich hinterher herausstellte, war ich der größte). Ich wollte mich mit Würde von Karl verabschieden. Er hatte wohl ähnliches im Sinn, denn er ließ mich nicht mehr aus dem Käfig. So hatte ich mir den Abschied nicht vorgestellt! Kaum hob ich erbost die Stimme, ging seine Haartracht auch schon auf wie ein Hefeteig. Versuchte ich mich zu bewegen, packte er mich. Blieb ich indessen ruhig stehen, ließ er mich los. Er spielte mit mir Katz und Maus. Die Zuschauer fanden das, im Gegensatz zu mir, sehr lustig – nicht nur weil Fastnacht war. Ich machte mich so klein wie möglich, um Karl bei guter Laune zu halten und umzustimmen. Aber erst als ich alle Tricks, die ich kannte, angewandt hatte – und das waren verdammt viele –, entkam ich. Verletzungen trug ich keine davon. Aber Karl hatte mir gezeigt, was eine Harke ist.

In der folgenden Zeit kamen wir gut miteinander aus. Wir trugen uns nichts nach, denn wir hatten uns immer an die Spielregeln gehalten.

Heute, da ich dies schreibe, ist Karl erwachsen und schon mehrfacher Vater. Und wenn er in seinem Käfig hin und her schwingt wie ein Trapezkünstler unter der Zirkuskuppel und seine klaren braunen Augen auf das Publikum richtet, dann bleibt jeder bewundernd vor ihm stehen.

Übrigens: Karl hat mir beim Schreiben dieser Zeilen zugeschaut – von einem Photo, das über meinem Schreibtisch hängt.

Der Fachmann

„Ein Meisterwerk! Wahrlich ein Meisterwerk!" rief Professor Heinzelmann, ein Mann in mittleren Jahren, begeistert aus, rückte seine Brille zurecht und trat vor dem Gemälde, das er bewunderte, vor und zurück.

Professor Heinzelmann lehrte an der Kunstakademie. Er war ein vielbeschäftigter Mann. Aber heute hatte es endlich einmal geklappt. Heute hatte er Zeit gefunden für einen Besuch im Zoo. Schon oft hatte er seiner Tochter, einem aufgeweckten Kind von sieben Jahren, diesen Besuch versprochen, und ebensooft hatte er ihn verschoben. Er war eben viel beschäftigt. Er mußte Vorlesungen halten. Er mußte Bücher schreiben. Er mußte die neuesten Veröffentlichungen lesen. Er mußte mit Berufskollegen korrespondieren. Er mußte Kontakte zu Künstlern pflegen. Er mußte, er mußte.

Professor Heinzelmann war eine Kapazität auf seinem Gebiet. Er kannte sich aus in sämtlichen Stilrichtungen und Kunstepochen des Abendlandes, nein, der ganzen Welt. Er war in der modernen Kunst ebenso bewandert wie in der prähistorischen Höhlenmalerei, verstand von der Architektur der alten Griechen ebensoviel wie von der Skulptur der Mayas. Und: Sein Urteil war Gesetz. Romanik hatte schlicht, Gotik spitz, Barock überladen, Rokoko verschnörkelt zu sein. Eine Vorliebe für eine bestimmte Kunstrichtung hatte er nicht. Man hätte nicht sagen können, was er mehr liebte: Impressionismus oder Expressionismus, Dürer oder Picasso. Jedes Kunstwerk gefiel ihm gleich gut. Solange er nur sagen konnte: „Eindeutig ein Rembrandt." Oder: „Typisch Renaissance." Professor Heinzelmann verachtete darum auch nichts so sehr wie ein Vermischen der Kunstformen. Die Bauten der Gründerzeit waren ihm ein Greuel. Das war nichts als stilistischer Mischmasch. Obschon er weder Kosten noch Mühen scheute, um mit seiner Familie in einem solchen Mischmaschbau zu wohnen. Natürlich nur über die Woche. An Sonn- und Feiertagen zog Familie Heinzelmann in ihr rustikales Landhaus, wo Platz war für Gäste und die Nachbildung einer antiken Plastik, die den Vorgarten zierte.

Professor Heinzelmann war aber nicht nur viel beschäftigt und eine Größe in seinem Fach. Er war auch gefragt. Als ihn der Magistrat seiner Heimatstadt wegen der Bebauung des Rathausplatzes um Rat ersuchte, hatte er nächtelang geschuftet, Frau und Kind vernachlässigt und nach einem Monat dem Baudezernat seinen Vorschlag unterbreitet.

Er war zufrieden, hoch zufrieden mit seinem Konzept: Das mittelalterliche Rathaus umgeben von einer Festung aus Beton und Glas, nüchtern und sachlich, das Alte hervorgehoben durch das Neue. Aber der unwissende Pöbel hatte das Wort. Allenthalben war in der Presse über seinen Plan zu lesen, das Neue erschlüge das Alte. Nicht auf ihn hörte man, sondern gab – welche Geschmacklosigkeit – der Wiedererrichtung der alten Fachwerkbauten den Vorzug. Er war enttäuscht, tief enttäuscht über diese Entscheidung.

Professor Heinzelmann lebte ein Vierteljahr von Schonkost und doppeltkohlensaurem Natron.

Nach dieser herben Enttäuschung fand er wieder mehr Zeit für Frau und Kind und – sein Steckenpferd. Er malte leidenschaftlich gern. Er malte naiv. Kleine Bildchen im Postkartenformat. Sie unterschieden sich nicht wesentlich von den Bildern, die er als kleines Kind gemalt hatte, waren aber viel reifer, eben naiv, Strich für Strich, Punkt für Punkt, Klecks für Klecks. Die Kritiker lobten ihn. Ein paar seiner Bilder wurden sogar verkauft.

Seinen Hang zum Formalismus hatte er von seinem Vater. In einem Schulaufsatz hatte er einmal geschrieben: „Das Haus *von meinen* Eltern." Prompt setzte es Hiebe, denn es hätte natürlich heißen müssen: Das Haus *meiner* Eltern. Sein Vater mußte es wissen – er war Studienrat.

Die Strenge hatte sich ausgezahlt. Professor Heinzelmann war ein Fachmann in höchster Vollendung.

Auch heute, im Zoo, hatte er mit seinem Blick für das Wesentliche geglänzt. Eine Giraffe erkenne man an ihrem langen Hals, ein Kamel an seinem Höcker, der Vogel lege Eier, der Fisch schwimme im Wasser, erklärte er seiner Tochter.

„Schau einmal her", hatte er zu ihr gesagt und mit dem Finger auf eines der Informationsschilder vor den Käfigen gedeutet, „diese roten Flächen auf der Weltkarte zeigen an, wo die betreffende Tierart vorkommt. Hier zum Beispiel, der Indische Elefant. Er kommt aus Indien. Und dort in Afrika", er wies auf ein anderes Schild, „dort lebt der Afrikanische Elefant." Er räusperte sich. „Übrigens", fuhr er fort, „wie du sicher weißt, gibt es auch in unserem Lande Elefanten."

„Nein", entgegnete seine Tochter.

„Doch!"

„Aber wo denn?"

„Na, im Zoo!"

Professor Heinzelmann hatte gelacht, ja geradezu vor Witz gesprüht.

Am Ende ihres Zoobesuches waren Vater und Tochter in eine Ausstellung gelangt, die Werke zeitgenössischer Tiermaler zeigte. Hier stand Professor Heinzelmann noch immer bewundernd vor dem Gemälde.

„Diese ausdrucksvollen Linien! Diese Komposition der Farben! Diese klare Aussage! Diese Originalität!" schwärmte er angesichts eines bunten Wirrwarrs von Pinselstrichen. Wer mag das wohl gemalt haben? fragte er sich. Er trat näher an das Gemälde, um die Bildunterschrift zu lesen.

„Das ist von Uschi", kam ihm seine Tochter zuvor.

„Uschi?" sagte er verwundert und dachte: Nie gehört. Ein unbekanntes Genie vielleicht. Ein aufgehender Stern am Kunsthimmel.

„Ja, von Uschi", bekräftigte seine Tochter, „der Schimpansin aus dem Zoo."

„Ein Schimpanse?!" stieß Professor Heinzelmann ungläubig hervor. Er trat noch näher an das Gemälde. Tatsächlich, da stand es: „Schimpansin Uschi, Ostereierfarben auf Leinwand."

Professor Heinzelmann nahm seine Brille ab, putzte die Gläser, setzte die Brille wieder auf, schaute noch einmal hin und kam zu dem Schluß, daß er eine neue Brille brauchte.

Auf den Namen kommt es an

Kennen Sie das Spitzlippennashorn? Nein? Aber das Spitzmaulnashorn ist Ihnen sicher ein Begriff? Auch nicht. Schade. Denn wenn Ihnen diese beiden Namen etwas sagen würden, dann wüßten Sie auch mit dem Schwarzen Nashorn etwas anzufangen. Gemeint ist nämlich ein und dasselbe Tier. Aber warum hat es dann drei Namen? Sagen Sie mir Ihre Meinung – ich behalte trotzdem meine eigene.

Der Taufschein ist auf Schwarzes Nashorn ausgestellt. Nicht zu verwechseln mit seinem Namensvetter zweiten Grades, dem Weißen Nashorn. Das Weiße Nashorn bevorzugt zur Hautpflege Schlammpackungen mit natürlichen Aufhellern, das Schwarze Nashorn hingegen schwört auf solche mit dunklen Komponenten. Der Teint ist demgemäß und diesbezüglich. Jedoch liegen auch Fälle von Etikettenschwindel vor. Hin und wieder verwendet das eine gewissermaßen die Hautcreme des anderen. Man hat dann ein Schwarzes Nashorn, das weiß, und ein Weißes Nashorn, das schwarz aussieht, vor sich.

Die Wissenschaft kann Täuschungen von diesem Ausmaß nicht hinnehmen. Deshalb machte sich ihre zoologische Abteilung an eine Erfindung. Heraus kam eine Art Personalausweis, fälschungssicher und mit Farbphoto, eine Kennkarte sozusagen, mit der man auf Anhieb einen Neger von einem braungebrannten Europäer unterscheiden kann.

Die besonderen Merkmale wurden aufs genaueste miteinander verglichen: Das Maul des Weißen Nashorns ist breit und eignet sich hervorragend zum Rasenmähen, im Unterschied zu dem des Schwarzen Nashorns, das spitz zuläuft und mehr zum Heckenstutzen taugt. Also Spitzmaul- und Breitmaulnashorn.

Aber die Wissenschaft schreitet mit Siebenmeilenstiefeln voran und läßt uns jeden Tag aufs neue staunen. Fressen oder essen die Tiere? Das war die Frage. Heute wissen wir es: Sie essen. Essen sie aber, dann saufen sie auch nicht, sondern trinken, haben einen Mund und kein Maul, und Lippen statt Lefzen. Darum Spitzlippen- und Breitlippennashorn. Stempel drauf, erledigt.

Und so geht es weiter im Sauseschritt. Was, Hyänenhund? Nichts da! Ab sofort Afrikanischer Wildhund. Der nächste, bitte! Name? Nilpferd. Nil? Pferd? Das wir nicht lachen. Ein Schwein sind Sie und baden gern. Wasserschwein ist der passende Name für Sie. Hoppla, was sehen wir da, so heißt schon ein anderer. Macht nichts. Nehmen wir Flußschwein. Oh, ist auch schon vergeben. Na schön, dann eben Flußpferd.

Was wären wir ohne die ordnende Hand der Nomenklatur? Einfältig und dumm stünden wir da. Wir verwechselten den Neuntöter mit einer Romanfigur von James Fenimore Cooper, hielten den Dompfaff für einen Bischof und den Ziegenmelker für einen Landarbeiter.

Was sollte der Tierpfleger im Zoo den Zoobesuchern erzählen? Angenommen er steht vor dem Nashorngehege, gestützt auf eine Mistgabel, die zeigt, daß es mit ihm seine Richtigkeit hat. Wann die neuen Nashörner eingetroffen seien, fragt ihn ein Familienvater. Die Frau Gemahlin schlägt mit Eifer, aber erfolglos im Zooführer nach. Die Thronfolger, zwei Kehlen stark, tun ebenfalls sehr interessiert, stellen vorübergehend das Krakeelen ein und begnügen sich mit Daumenlutschen und Nasenbohren.

Aber mit den neuen Nashörnern ist es nichts. Es sind immer noch die alten, nur laufen sie seit neuestem unter anderem Namen. Hierzu hätte der Tierpfleger nichts zu sagen. So aber kann er eine Erklärung abgeben. Der Dank ist ihm gewiß. Die Sprößlinge fahren erst nach einer kleinen Weile mit ihren Gesangskünsten fort. Ihre Mutter schenkt ihm sogar einen flüchtigen Blick, auch wenn sie sich danach wieder, und diesmal unwiderruflich, in ihre Lektüre versenkt. Das Familienoberhaupt aber, und das ist das Erfreulichste, beweist Ausdauer und teilt erst nach Beendigung des Vortrags Frau und Kindern mit, daß es nun weitergehe zu den Raubtieren.

Raubtiere? denkt der Tierpfleger, Raubtiere führen wir nicht. Beute- oder Wildgreifer, die haben wir auf Lager. Das will er der Familie noch sagen, aber die ist schon weg. Da weiß er, daß er sich beim nächsten Mal kürzer fassen muß. Denn bis zum Wesentlichen ist er nicht vorgedrungen: dem wissenschaftlichen Namen.

Dieser betreibt Konversation mit Experten, nennt Gattungen und Arten, treibt sich in der ganzen Welt herum – ein Kosmopolit, der überall Gehör findet, obwohl er ausschließlich in Latein fachsimpelt. Seine Ausdrucksweise ist sachlich und präzise, das vor allem. Spricht er zum Beispiel von „Lodoicea maldivica", ist sofort klar, daß nur von der Meeresnußpalme die Rede sein kann. Gordon Pascha nannte sie später zwar „Lodoicea seychellarum", aber der wissenschaftliche Name erhob Einspruch dagegen; dem wurde stattgegeben, da er das Recht des Erstgeborenen besitzt. So heißt sie, wie sie heißt. An ihrer Selbstauffassung ändert das nichts.

Sie ist ganz die alte, konservativ und ohne Emanzipationsbestrebungen. Wo ihre männlichen Exemplare stehen, da stehen ihre weiblichen noch lange nicht, und manches, was diese tun, lassen jene bleiben. Nach einem Volksmärchen soll sie in stürmischen Nächten sexuelle Anwandlungen bekommen, und wer ihr in der Liebesnacht zusehe, der sterbe. Darüber kann sie nur die Krone schütteln, ihr ist es im Sonnenschein so lieb wie im Dunkeln – und gegen neugierige Blicke hat sie nichts.

Ein Jahr nach der Hochzeit fallen am Fuße ihres Stammes riesige Gebilde zu Boden, zwölf Kilogramm im Durchschnitt schwer, in der Form dem Schlußlicht von Marilyn Monroe gleich und ein Anstoß für das Moralempfinden – das sind reife Meeresnüsse, ihre Kinder, schmackhaft und hübsch anzuschauen.

Das Schwimmen hat sie ihnen nicht beigebracht. Sie ist nicht für weite Reisen wie die Kokospalme, zu der sie familiäre Beziehungen unterhält. Eine Trennung vom Vaterland, das schafft sie nicht. Sie ist Patriotin vom Wipfel bis zur Wurzel. Warum? Weil sie auf dem schönsten Fleckchen Erde lebt, das man sich denken kann. Wo das ist? Der wissenschaftliche Name gibt die Malediven an. Aber dort ist sie nicht zu Hause. Ihre Heimat sind die Seychellen.

Die armen Küken

Herr und Frau Schmidt saßen in der Zoogaststätte und aßen zu Mittag. Herr Schmidt aß ein Schweineschnitzel mit Bratkartoffeln und Salat, Frau Schmidt ein Brathähnchen. Die Schmidts wollten für einen Rundgang durch den Zoo gestärkt sein. Bei diesen Portionen war es allerdings fraglich, ob sie ihr gestecktes Ziel jemals erreichen würden – Bedenken, die Frau Schmidt zu der Bemerkung veranlaßten, daß ihr Brathähnchen zweifelsohne einen Spatzen zum Vater habe. Herr Schmidt gar liebäugelte mit dem Gedanken, zum Nachtisch eine Bratwurst zu nehmen. Den Salat ließ er zurückgehen. Auch die nachfolgende Süßspeise vermochte nicht zu überzeugen. Letztlich waren es die Preise, die Herrn und Frau Schmidt zum Aufbruch bewegten und sie in das Abenteuer stürzten, mit beinahe leerem Magen durch den Zoo zu spazieren.

Es wurde ein Leidensweg. Auf Schritt und Tritt wurden die Schmidts an ihren knurrenden Magen erinnert. Den Anblick von Würmer verschlingenden Fischen und Vögeln überstanden sie noch einigermaßen unbeschadet. Bei den Elefanten wollten sie bereits etwas über die tägliche Menge von Heu und Rüben erfahren und wunderten sich, daß ein Vieh so verfressen sein konnte. Auch die gute Qualität der Heringe, die den Robben zugedacht waren, erstaunte sie sehr. Vor den in Bananen, Trauben, Rosinen, Nüssen, Eiern, Milch und anderen Köstlichkeiten schwelgenden Menschenaffen bekamen sie Appetit, den zu zügeln ihnen nur gelang, weil sie sich haushoch überlegen fühlten angesichts der schlechten Manieren der angeblich so nahen Verwandten. Beim Anblick der Fleischportionen im Raubtierhaus lief ihnen das Wasser im Munde zusammen. Da waren dicke Keulen, zarte Lenden, saftige Steaks. An einem Haken ein Hinterschenkel, dem nicht anzusehen war, daß er einmal ein Euter trug, das nicht mehr genug Milch gab. Auf dem Hackklotz ein Vorderbein, das nur noch wenig gemein hatte mit dem, das über Hürden gesprungen und an der letzten gescheitert war. In einer Wanne bordeauxrotes Fleisch, das einst durch die Weltmeere, jetzt aber in seinem eigenen Blute schwamm. Besonders an diesen Fleischstücken fanden die Schmidts Gefallen. Als sie hörten, daß es Walfleisch war, wollten sie es kaum glauben. Sie erkundigten sich sogleich nach der Fütterungszeit. Das Spektakel, wenn die Löwen einen Walfisch zerrissen, durften sie sich nicht entgehen lassen. Zu dumm, daß sie noch eine Stunde darauf warten mußten.

Ach, hätten die Schmidts nur etwas Geduld gehabt, es wäre ihnen vieles erspart geblieben. Ausgerechnet zu den Kleinkatzen und Mardern mußten sie gehen. Es war ein Schock, vor allem für Frau Schmidt: In den Käfigen lagen tote Hühnerküken! Bei den Luchsen, den Iltissen, den Dachsen, überall, haufenweise. Das war ja nicht zu fassen! Die Schmidts beschwerten sich an Ort und Stelle. Die Antwort, die sie erhielten, schlug ihnen auf den Magen: Die Küken wurden verfüttert! Diese kleinen unschuldigen Wesen, gerade einen Tag alt und mußten schon sterben, einfach so, die schönen gelben, zarten, flaumigen Tierchen. Herr Schmidt versuchte die abscheuliche Wahrheit mit Fassung zu tragen. Frau Schmidt indessen konnte sich nicht beruhigen. „Die armen Küken", hörte man sie immer wieder sagen und was für eine grausame Welt das sei.

Des Zoodirektors böser Traum

Was wäre, wenn Tiere sprechen könnten? Wir wären in der Lage, uns mit einem Hund oder einer Katze wie mit unsresgleichen zu verständigen. Es wäre uns möglich, das Wesen unserer Mitgeschöpfe zu ergründen und neue Erkenntnisse über sie zu gewinnen, ohne uns der unsicheren Methode bedienen zu müssen, Signale zu deuten, die nicht für uns erschaffen sind. Ferner könnten wir eine klare Antwort auf die alte Streitfrage geben, die Generationen von Philosophen und Tierforschern beschäftigt hat, nämlich ob Tiere Freude und Leid empfinden, ob sie eine Seele haben, ja ob sie gar zum Denken befähigt sind, wenn vielleicht auch nicht alle, so doch wenigstens einige von ihnen in geringem Maße. Die Antwort würde sehr wahrscheinlich die Ansicht derer, die in Tieren nichts anderes als Automaten sehen, in ihren Grundfesten erschüttern. So mancher müßte von dem hohen Podest, auf das er sich in maßloser Selbstüberschätzung gestellt hat, heruntersteigen und zugeben, daß er ein Esel war.

Für die Tiere eröffneten sich Möglichkeiten ganz anderer Art. So könnten sich etwa die Batteriehühner in einer Gewerkschaft organisieren. Einem Streik der vereinigten Batteriehühner wäre wenig entgegenzusetzen. Ein Huhn hat schließlich nichts zu verlieren als seinen Kopf, der ihm ohnehin abgeschlagen wird. Es ist zumindest fraglich, ob dann immer noch wissenschaftliche Gutachten verfaßt würden, in denen behauptet wird, daß es keine Tierquälerei sei, wenn vier Hennen ihr Dasein in einem Drahtkäfig fristen müssen, dessen Grundfläche nicht größer als die Seite einer Tageszeitung ist.

Aus dem Gesagten läßt sich folgern, daß sprechende Tiere nicht in jedermanns Interesse wären. Man denke nur an die Metzger und Jäger; von den Folterknechten, die im Namen von Wissenschaft und Fortschritt Tiere martern, ganz zu schweigen. Die beiden erstgenannten Berufsgruppen könnten zwar noch triftige Gründe vorbringen, die ein Großteil ihrer Taten rechtfertigten, aber für die Vertreter der letztgenannten Zunft bestünde wenig Hoffnung, sich ungeschoren aus der Affäre zu ziehen.

Wie anders der Zoodirektor. Nichts liegt ihm mehr am Herzen als das Wohl seiner Schützlinge, und nichts, so sollte man meinen, ist ihm ein größeres Hindernis als das Monopol des Menschen auf die Sprache. Welch eine Erleichterung wäre es für ihn, könnte er die ihm anvertrauten Geschöpfe nach ihren Wünschen befragen, statt sich in mühevoller Kleinarbeit Wissen über sie anzueignen, um sie am Leben und bei Gesundheit zu halten, oft nur auf Vermutungen angewiesen und immer die schweren Folgen vor Augen, die ein Irrtum haben kann.

Und doch: In all seinem Wissensdrang und in all seinem Bemühen schaudert der Zoodirektor bei dem Gedanken, daß seine Schützlinge das Wort ergreifen könnten. Zuweilen kann sich bei ihm dieser Schauder bis zum Verfolgungswahn steigern, wie das tragische Schicksal von Zoodirektor Meier zeigt.

Herr Meier studierte in jungen Jahren Mikrobiologie. Da er an der Universität kein Fortkommen sah, nahm er nach Abschluß seines Studiums eine Assistentenstelle in einem Zoo an. Zu Beginn seiner Laufbahn trug er dem Tierarzt bei seinen Visiten die Tasche oder übte andere untergeordnete Tätigkeiten aus, aber das störte ihn nicht weiter. Im Gegenteil. Während er für tiermedizinische Untersuchungen Exkremente in Reagenzgläsern sammelte und das Papier in den Thermohygrographen wechselte, promovierte er. Als Doktor Meier putzte er bereits an Wochenenden eigenhändig Käfige, um den Tierpflegern ein Beispiel an Sauberkeit zu geben. Der damalige Direktor erkannte sein Führungstalent und übertrug ihm einen Teil seiner Vollmachten. Er erfüllte seine neue Aufgabe gewissenhaft. Kein Staubkorn, das ohne seine ausdrückliche Genehmigung von seinem Platz entfernt worden wäre. Baumstämme, Felsbrocken und ähnliche Dekorationsgegenstände dirigierte er persönlich an ihren Standort oder ordnete, falls er verhindert war, zumindest im nachhinein die notwendigen Korrekturen an. Eine kleine Drehung nach links, eine kleine Drehung nach rechts – und das betreffende Objekt war wieder an seinen Ausgangspunkt zurückgekehrt, trug aber nun, wie mit der Zeit nahezu alles, seinen Stempel.

Auf diese Weise überflügelte er seine Mitbewerber und rückte zum Vizedirektor auf. Von dort war es nur noch ein Katzensprung bis zum Sessel des Direktors. Bloß die eigenen Skrupel konnten ihm jetzt noch gefährlich werden. Er warf darum seine letzten Hemmungen und Rücksichten über Bord. Wenn er überhaupt noch einen Grundsatz hatte, so war es der: Zu den Entscheidungen deines Chefs sage stets ja, zu den Vorschlägen deiner Untergebenen stets nein.

Alles Weitere war eine reine Formsache. Als der amtierende Zoodirektor das Pensionsalter erreicht hatte, ernannte er ihn zu seinem Nachfolger. Eine gescheiterte Ehe, ein chronisches Gallenleiden und als Folge davon ununterbrochen schlechte Laune, die er an seinen Mitarbeitern ausließ, waren der Preis. Andererseits hatte er endlich freie Hand und konnte die einzige Idee, die ihm geblieben war, verwirklichen, nämlich die, alles anders zu machen als sein Vorgänger.

Eine seiner umwälzenden Maßnahmen war, die Anzahl der Zootiere drastisch zu verringern, eine andere, den Zwergen unter ihnen den Vorzug vor den Riesen zu geben. Tiere von Mausgröße schwebten ihm als Ideal vor, und es war darum nur logisch, daß er die Elefanten aus dem Zoo verbannte. Wenn es nach ihm allein gegangen wäre, hätten die Giraffen, die Nilpferde und die Löwen das gleiche Schicksal erlitten. Aber da war das zahlende Publikum, auf das er Rücksicht nehmen mußte. Es war ihm ein ständiger Dorn im Auge, verlangte für sein Geld etwas zu sehen und erwartete eine Erklärung, wenn es nicht zu sehen bekam, was es zu sehen wünschte. Deshalb sprach er von Platzmangel oder vom Schutz seltener Tierarten, um seine Handlungen vor der Öffentlichkeit zu rechtfertigen, obwohl er in Wahrheit nichts anderes als das Gegenteil von allem Bisherigen anstrebte. Ein Zoo mit Tieren, die nur mit Fernglas und gutem Willen zu sehen sind, und möglichst einen ohne Publikum, wäre ihm tatsächlich am liebsten gewesen.

Je älter er wurde, um so stärker fühlte er sich zum mikroskopisch Kleinen hingezogen, zurück in jene von sehnsüchtigen Erinnerungen verklärte Vergangenheit, in der er sich als junger Student mit Mikroben beschäftigte. Vielleicht war diese nie zu stillende Sehnsucht der Schlüssel zum tieferen Verständnis für seine Liebe zum Detail und der Grund dafür, daß er sich um jede Kleinigkeit kümmerte und sich mit Nebensächlichkeiten aufhielt. Er jätete Unkraut, wo immer sich ihm die Gelegenheit bot, modellierte Bruthöhlen für Vögel, die nicht vorhanden waren, begradigte unebenes Gelände, schnitt hier einen Zweig, dort ein Blatt ab und dozierte vor Tierpflegern über den schonenden Gebrauch von Küchenmaschinen, während er das Große und Ganze aus den Augen verlor.

Aber trotz seiner eigenwilligen und wenig einträglichen Unternehmungen blieb er lange Jahre unangefochten an der Spitze des Zoos. Wenn seine Karriere schließlich doch einen Knick bekam, so aus anderen Gründen.

Es fing damit an, daß er eines Nachts von Tieren träumte. Das war bei seinem Beruf natürlich nichts Ungewöhnliches, und es würde auch nichts weiter bedeutet haben, wenn die Tiere im Traum nicht zu ihm gesprochen hätten. Nicht nur das. Sie sprachen von Dingen, die er partout nicht hören wollte. Mehr noch: Sie drohten, sie auch anderen zu erzählen.

Und das träumte er: Hundertfünfzig Zwergziegen belagern sein Bett und meckern aufgeregt durcheinander. Eine von ihnen, eine schwarze aus der vordersten Reihe, macht einen imposanten Bocksprung, worauf die anderen hundertneunundvierzig augenblicklich verstummen. Die schwarze Ziege tritt vor und spricht: „Ich denke, du weißt, wer wir sind." Er nickt, denn er weiß es nur zu gut. Es sind die hundertfünfzig Ziegen, die er im Laufe seiner Amtszeit schlachten ließ. „Du hast uns ans Messer geliefert", fährt die schwarze Ziege zu allem Überfluß fort, „weil dir Geld wichtiger war als unser Leben. Solange wir klein und niedlich waren und die Herzen der Besucher bei unserem Anblick höher schlugen, waren wir dir willkommen; doch sobald wir größer wurden und das Interesse an uns nachließ, waren wir dir lästig. Es wäre dir ein leichtes gewesen, unser Leben zu schonen. Die Nachfrage nach uns war groß. Aber unter dem Preis verkaufen oder gar verschenken wolltest du uns nicht. Die Fruchtbarkeit unserer Eltern wurde uns zum Verhängnis."

Aus hundertneunundvierzig Ziegenkehlen dröhnt ein ohrenbetäubendes Meckern. Er versucht sich die Ohren zuzuhalten, aber das geht nicht – zwei riesige Braunbären, einer rechts und einer links von ihm, haben ihre Vordertatzen auf seine Arme gelegt.

„Ich beiß dem Kerl den Kopf ab", sagt der linke Bär.

„Nein, warte", entgegnet der rechte, „ich habe mit dem Schuft noch ein Wörtchen zu reden." Und der Bär brummt ihm ins Ohr: „Wir sind das Bärenpaar von der Insel Kodiak in Alaska, wie du dich sicher erinnern wirst. Wir gehören zu den größten Landraubtieren der Erde. Geholfen hat uns das freilich wenig, denn unsere Kinder ließest du trotzdem töten. Wage nicht, es zu leugnen!"

Er unternimmt erst gar nicht den Versuch, es abzustreiten, sondern gesteht, am ganzen Körper schlotternd, die Untat, fügt allerdings kleinlaut hinzu, es hätte für Bären wie sie keine Käufer gegeben und er habe darum nicht gewußt, wohin mit ihren Jungen. Das müßten sie doch verstehen.

„Siehst du", sagt die Bärin, „ich hätte ihm gleich den Kopf abbeißen sollen."

Der Bär aber fährt fort, ihm ins Ohr zu brummen: „Wir könnten dir vielleicht verzeihen, wenn unseren Kindern nicht der Schädel mit einem Hammer eingeschlagen worden wäre – auf dein Geheiß, weil du die Kosten für den Tierarzt sparen wolltest, obwohl seine Spritze unseren Kindern einen gnädigeren Tod beschert hätte. Deshalb hast du die Strafe verdient."

„Na, das sage ich doch die ganze Zeit", knurrt die Bärin und sperrt ungeduldig ihren Rachen auf, um ihm endgültig den Kopf abzubeißen.

Da springt die schwarze Ziege auf sein Bett und ruft: „Halt, ich habe eine bessere Idee! Was haltet ihr davon, wenn wir den Schurken zuerst an den Füßen kitzeln? Ihr könnt ihn dann immer noch auf eure Weise bestrafen."

Die Bären willigen ein (die Bärin nicht ohne zu murren). Daraufhin stellen sich die hundertfünfzig Zwergziegen, allen voran die schwarze, in Reih und Glied auf, um ihm die Füße zu lecken.

Er muß fürchterlich lachen und zappelt wie verrückt, als ihm eine Zunge nach der anderen über die nackten Fußsohlen fährt. Er will aufspringen und wegrennen, aber die beiden Bären halten ihn eisern fest. Fieberhaft überlegt er, wie er die Ziegen davon abbringen kann, derart hinterhältig Rache an ihm zu üben. Fast stirbt er vor Lachen, und er schreit: „Wenn ich euch auch nicht wieder lebendig machen kann, ich baue euch einen eigenen Zoo, ich schwöre es. Ich will euch mit Süßigkeiten, die ihr so gerne mögt, überhäufen. Ihr bekommt Zucker, soviel ihr wollt, obendrein Salzlecksteine sowie Klee und Löwenzahn, alles vom Feinsten, aber hört in Gottes Namen auf, meine Füße zu lecken!" Kaum hat er dies gesagt, erkennt er seinen Fehler. Er muß den Ziegen ja geradezu dankbar sein, daß sie ihn peinigen. Solange sie ihn kitzeln, werden ihm die Bären nicht den Kopf abbeißen. Rasch erhöht er sein Angebot und verspricht ihnen gesalzene Pistazien, Bambusschößlinge und Schwarzwälder Kirschtorte, damit sie die Tortur fortsetzen, mag sie auch noch so schrecklich sein.

Und so ist er gezwungen, immer weiter zu lachen. Zugleich stellt er mit Bestürzung fest, daß schon zwei Drittel seiner Peiniger ihre Rachsucht befriedigt haben. Sehnlichst wünscht er freizukommen, um diesem grausigen Ort zu entfliehen. Und dieser Wunsch wird ihm wahrhaftig erfüllt, wenigstens was seinen Kopf betrifft; denn an dieser Stelle des Traumes beginnt sich sein Hals in die Länge zu ziehen, als wäre er aus Gummi. Sein Kopf stößt an die Zimmerwand am Ende des Bettes, durchbricht die Mauer und schwebt kurz darauf draußen durch die Nacht. Weit unter sich kann er die Lichter der Stadt vorübergleiten sehen. Er fliegt und fliegt, weit fort von seinem Schlafzimmer. Bei Sonnenaufgang erblickt er die Alpen – die Reise geht also nach Süden. Er ist von den schneebedeckten Bergspitzen und der rosa Pracht des schimmernden Lichtes überwältigt. Fast hat er sein Unglück vergessen, da kommt unverhofft ein Sturm auf, der ihn über Italien weiter südwärts bis nach Sizilien weht. Schier endlos breitet sich vor ihm das Mittelmeer aus, aber bevor er auch nur einen Gedanken fassen kann, befindet er sich schon an der Küste von Tunesien. Was einmal sein Hals gewesen, ist nunmehr ein Hunderte von Kilometern langes, dünnes Gummiband, das zum Zerreißen gespannt ist. Aber die Reise nimmt noch immer kein Ende. Weiter geht der rasende Flug, über die letzte Sanddüne der Sahara hinaus, und erst über dem Kongo ist er beendet. Er, das heißt sein Kopf, saust durch die Wipfel der Urwaldbäume, aber nun rückwärts, gezogen von dem immer straffer gewordenen Gummiband, das ihn mit seinem Körper zu Hause verbindet. Wie ein Pfeil schnellt er davon, zurück zu den rachsüchtigen Bären, doch in einer Astgabel verfängt sich sein Kopf.

Er fühlt sich gerettet, denkt nicht mehr an seine verzweifelte Lage und vergißt, wie hilflos er ist. Er sieht bunte Schmetterlinge flattern und hört Vögel lieblich singen. Auf einer Lichtung entdeckt er ein Okapi, in freier Wildbahn ein seltener Anblick, auch für ihn. Mit dem geschulten Blick eines Zoologen beobachtet er das seltene und scheue Tier, als eine Schimpansenhorde unter wildem Geschrei von der Lichtung Besitz ergreift und das Okapi verscheucht. Ausgelassen turnen die jungen Schimpansen am Waldrand in den Bäumen. Ein mageres Schimpansenkind erspäht ihn oben in der Astgabel und klettert neugierig zu ihm herauf. Es scheint nicht überrascht, ihn hier anzutreffen.

„Ei, wen haben wir denn da", sagt es. „Ist das nicht Zoodirektor Meier – oder genauer sein Kopf?"

Woher weiß das Schimpansenkind meinen Namen? fragt er sich verblüfft. Sollte ich es etwa kennen? Doch bevor er seine Frage beantworten kann, kracht ihm eine dicke Kokosnuß auf den Schädel. Nicht nur, daß ihm davon der Kopf schmerzt, er rätselt auch, wie die Kokosnuß, eine Frucht tropischer Küsten, in den Dschungel kommt. Da trifft ihn eine zweite Kokosnuß, und das Bürschchen grinst ihm frech ins Gesicht und fragt: „Muß ich dir noch eine Nuß auf den Kopf werfen, oder ist dir nun eingefallen, wer ich bin?" Die Angst, zum dritten Mal von einer Kokosnuß getroffen zu werden, beflügelt sein Gedächtnis, und plötzlich erkennt er in dem mageren Schimpansenkind den kleinen Hugo, der einmal im Zoo gelebt hat. Und der spricht zu ihm:

„Erinnerst du dich an meine Mutter? Ich muß oft an sie denken. Nie hatte sie genug Milch, und das bißchen, das sie hatte, trank sie selbst. Die Leute haben sich halb totgelacht, wenn sie vor meinen Augen an ihren eigenen Brüsten saugte. Ich fand das natürlich nicht komisch, mir knurrte der Magen. Die Tierpfleger gaben mir Milch aus einer Tasse zu trinken. Aber wer drängte sich dazwischen und bekam auch hier das meiste? Ganz recht, meine Mutter. Ich wurde dünner und dünner. Deshalb sollte ich mit der Flasche aufgezogen werden. Kannst du dir vorstellen, wie glücklich ich darüber gewesen wäre, obwohl ich meine Mutter trotz allem liebte? Nein, das kannst du natürlich nicht, sonst hättest du es nicht verboten. Keine Ausflüchte, oder ich mache deinen Kopf von der Astgabel los! Was für meine Vettern, die Gorillas und Orang-Utans, recht und billig war, das war es nicht für mich. War ja bloß ein kleiner Schimpansenjunge. Keine Verwendung für unsereinen, nicht wahr? Mußte selbst sehen, wie ich mich durchschlage. Friß oder stirb, das war deine Devise. Einer deiner Tierpfleger hatte mit mir mehr Erbarmen als du. Er legte mich in einen Schuhkarton und wollte mich aufpäppeln. Aber wer kam und hat es ihm ausgeredet? – Na, wird's bald, oder muß ich nachhelfen?"

Der kleine Hugo ruft seine Spielgefährten zu Hilfe, und gemeinsam beginnen sie auf dem Ast, an dessen gegabelten Ende sein Kopf steckt, zu schaukeln, bis er so stark ins

Schwingen gerät, daß sich sein Kopf aus der Astgabel löst und, wie von einem Katapult geschleudert, davonsaust. Mit der Schnelligkeit einer Kanonenkugel rast er nach Hause. Er hat so viel Fahrt, daß er weit über seine Heimatstadt hinausschießt und zuletzt den Nordpol erreicht. Hier vermag sein Hals der Belastung nicht länger standzuhalten, und das Gummiband, das dieser nur noch ist, reißt entzwei. Sein Kopf aber fliegt weiter und umkreist wie ein Satellit den Erdball. Er überfliegt Länder und Meere, Berge und Täler, Wälder und Wüsten, Flüsse und Seen, und von überallher rufen ihm die Tiere zu und klagen ihn an. Je länger er kreist, um so lauter erheben sie ihre Stimme, und zum Schluß drohen sie ihm, seine großen und kleinen Schandtaten öffentlich zu verkünden.

Er schrie: „Nein!", fuhr hoch und wachte auf.

Seine erste Sorge galt seinem Kopf. Er seufzte erleichtert auf, da er ihn an seiner gewohnten Stelle vorfand. Als nächstes knipste er die Nachttischlampe an und blickte sich ängstlich um. Sein Bett trug die Spuren eines erbitterten Kampfes. Die Bettdecke lag kunstvoll verschlungen am Boden und das Laken war zerwühlt wie ein von Wildschweinen heimgesuchter Kartoffelacker. Aber, dem Himmel sei Dank, es waren weder Ziegen noch Bären da. Er wischte sich mit dem Hemdsärmel die Schweißperlen von der Stirn, sank ermattet auf sein Kissen und tat für den Rest der Nacht kein Auge zu.

Dieser Traum wiederholte sich oft. In panischer Angst eilte er frühmorgens in den Zoo, weil er fürchtete, die Tiere könnten ihre Drohung wahrmachen. Er hastete von Gehege zu Gehege, um sich Gewißheit zu verschaffen, konnte jedoch keine bemerkenswerte Veränderung feststellen. Die Braunbären lagen wie eh und je auf der faulen Haut, die Zwergziegen liefen munter umher, und außer einem gelegentlichen Meckern war nichts von ihnen zu hören. Aber die Furcht, daß sie ihr Geheimnis ausplaudern könnten, ließ ihn nicht los, vielmehr wurde sie im Laufe der Zeit noch größer, und eines Tages begnügte er sich nicht mehr damit, sie nur dadurch zu zerstreuen, daß er die Tiere genau beobachtete, sondern er fing an, eindringlich auf sie einzureden, flehte sie auf Knien an, ihr Schweigen nicht zu brechen, und machte ihnen verlockende Angebote.

Seine Umgebung nahm sein mysteriöses Verhalten mit Befremden auf, schreckte jedoch vor einem Eingreifen zurück, weil die Ansicht überwog, daß ein Zoodirektor nicht mit normalen Maßstäben zu messen sei. Ernsthafte Bedenken kamen indessen auf, als er bei einer Konditorei größere Mengen von Kuchen und Torten bestellte, mit der Absicht, sein Versprechen, das er den Zwergziegen in seinem Traum gegeben hatte, einzulösen. Doch sah man auch hierin keinen hinreichenden Grund, gegen ihn vorzugehen, denn es war immerhin möglich, daß es sich bei seiner Kuchenaktion um eine neue wissenschaftliche Methode handelte. Erst als er den Bürgermeister der Stadt aufforderte, auf dem Rathausplatz eine Freianlage für Zwergziegen zu errichten, enthob man ihn seines Amtes.

Seitdem kann man täglich einen Mann durch den Zoo spazieren sehen, der unter dem Arm eine große Tüte mit Gebäck trägt. Wenn er seine Zimtsterne und Eiswaffeln an die Tiere verteilt, drücken die Tierpfleger beide Augen zu. Die älteren unter ihnen kennen ihn noch persönlich, die jüngeren nur vom Hörensagen als den ehemaligen Zoodirektor Meier. Er hat nicht mehr soviel Eile wie früher und nimmt sich für seine Zoospaziergänge viel Zeit. Sein Haar ist inzwischen schlohweiß und sein Gang schleppend. Aber seine Zunge ist nach wie vor gewandt, wenn es darum geht, daß seine vierbeinigen, gefiederten und geschuppten Freunde ihr Stillschweigen wahren. Sein Nachfolger, der ihn zuerst nicht verstand, hat dafür gesorgt, daß er freien Eintritt hat, denn auch zu ihm haben die Tiere bereits im Traum gesprochen.

Die weiße Ziege

Eine komische Aussprache, dachte der Junge: in Kriech, jeflichtet mit Pferdejespann, unser Zickchen, das jute klaine. Er hatte Mühe, den Bahnwärter zu verstehen. Er sprach vom letzten Kriegsjahr, dem Vormarsch der Roten Armee, von den brennenden Städten und Dörfern im Osten, den Vertriebenen und ihrer Not, den Russen, die deutsche Frauen vergewaltigten. So ähnlich hatte er es schon von seinen Eltern und in der Schule gehört. Und einen Kinofilm hatte er gesehen: Ein russisches U-Boot versenkte in der Ostsee die *Wilhelm Gustloff.* Der große Dampfer war vollgestopft mit Flüchtlingen. Fast alle kamen um. Er hätte beinahe geweint. Er stellte sich die Geschichte des Bahnwärters vor: Die Erleichterung in den Gesichtern der Flüchtlinge, als sie ihr Ziel, Schleswig-Holstein, erreichen, per Schiff, mit der letzten Eisenbahn, auf Pferdewagen, zu Fuß; Erwachsene, Kinder, Greise, mit Rucksack und Koffer; auf den Wagen: Tische, Stühle, Schränke, Truhen, Wäsche, Kleider, Geschirr, ein Klavier, ein Geigenkasten. Der wundervolle Frühling des Jahres 1945 – Forsythien, die schon im März blühen, Linden und Kastanien, die vor ihrer Zeit grünen, Kinder, die im Mai in den Lauenburgischen Seen, der Trave, der Schlei, den Gewässern um Plön und Eutin baden. Der Flüchtlingsstrom, der sich über die Landstraßen ergießt. Und da der Bahnwärter mit seiner Frau und dem hoch beladenen Leiterwagen, an dem hinten eine schneeweiße Ziege angespannt ist, irgendwo zwischen Lübeck und Bad Segeberg, unter einem wolkenlosen, kornblumenblauen Himmel, an dem die Tiefflieger erscheinen. Die Maschinen dicht über den Köpfen der Menschen, die ihre Habe im Stich lassen und im Straßengraben Deckung suchen. Wie sich hier und da das Kopfsteinpflaster rot färbt. Der rettende Buchenwald, in dem die weißen Teppiche der Buschwindröschen liegen. Das anschließende Durcheinander, die Tränen, der Weitermarsch nach ...

Ein D-Zug donnerte vorüber. Der Bahnwärter war nicht mehr zu hören. Der Junge blickte den vorbeirauschenden Waggons nach. „Frankfurt – Mailand" konnte er auf einem der Fahrtschilder lesen. Mailand – das war für ihn der Dom, die Scala, die Hauptstadt der Lombardei, der Langobarden, des Germanenstammes, eine freie Reichsstadt im Heiligen Römischen Reich Deutscher Nation, so wie er es in der Schule gelernt hatte, also eigentlich eine deutsche Stadt, auch wenn man dort Spaghetti aß, so deutsch wie Prag, Basel, Straßburg, die Niederlande, halb Europa, weshalb man sich auch mit den ausländischen Nachbarn vertragen mußte, weil es genaugenommen Deutsche waren.

Der letzte Waggon sauste vorbei, wurde kleiner und kleiner. Der Bahnwärter war in den Ziegenstall gegangen, der sich an das Bahnwärterhäuschen anschloß, das neben dem Bahndamm stand, hinter dem der Wald begann, in dem das Stadion lag. Der Junge konnte das Tribünendach sehen. Er mußte an das nächste Spiel denken. Am Samstag kam der HSV. Hoffentlich schoß Uwe Seeler kein Tor. Das durfte er nur für die Nationalelf, aber nicht gegen die Eintracht. Er und seine Kameraden würden dabeisein und die schwarz-weißen Fahnen schwenken.

Der Bahnwärter trat aus dem Stall. An einem Strick führte er eine Ziege, die ungelenk hinter ihm herstapfte. Sie ist gar nicht schneeweiß, dachte der Junge, sondern sahnegelb. Ein schmutziges Fell hat sie und eingefallene Flanken. Die Hufe müßten ihr auch mal geschnitten werden.

„Da seht, wie alt sie jeworden is", sagte der Bahnwärter in breitem Ostpreußisch zu dem Fahrer gewandt, der zusammen mit dem Jungen im Garten wartete. „Sie kann sich kaum noch auf den Bainen halten, nur noch in Stroh hat sie jelegen die letzte Zeit. Richtich ans Härz jewachsen isse uns. Maine Frau is in Stube jeblieben, weil sie nich mitansehn mächt, wie sie von uns jeht. Aber die Hände sinn uns jebunden. Wo die Schranken jetzt von selbst uff- und zujehen, da ham sie kaine Verwendung mehr fier uns. Und in die Stadt können wir sie nich mitnehmen. Ne Zicke in der Wohnung mögen sie nich leiden, is ja nu mal kain Hund nich."

Der Fahrer nickte.

„So, nu nehmt sie mal mit. Is ja fier nen juten Zweck. Und seid mir nich jemein zu ihr. Leiden soll sie nich, die Jute, das hat sie nich verdient."

Der Fahrer graulte die Ziege am Bart, bevor er dem Jungen zurief: „Auf, Stift, schlaf nicht ein!" Der Junge gehorchte. Er ging zu dem blauen VW-Bus, der draußen auf dem Schotterweg parkte. Fahrer, Bahnwärter und Ziege folgten ihm. Er öffnete die Wagentür. Sie hoben die Ziege in den Wagen. Der Fahrer setzte sich ans Steuer, ließ den Motor an und fuhr los. Der Junge stand hinten bei der Ziege. Er schaute durch die Heckscheibe und winkte. Der Bahnwärter hob kurz den Arm, bevor er sich umwandte, der rundliche, kleine alte Mann in seiner indigoblauen Leinenschürze, der schwarzen Kordhose, dem kastanienbraunen Wollpullover, ging zurück zu seinem Häuschen. Die Ziegelmauern leuchteten warm in der späten Morgensonne. Dunkelrote Rosen blühten in einem Bogen um die Gartenpforte. Am Bahndamm scharrten und pickten Hühner: weiße Leghorn und rebhuhnfarbige Italiener. Die Kohlköpfe im Gemüsegarten waren dick und rund. Der VW-Bus rollte auf die Hauptstraße. Bahnwärter, Backsteinhäuschen, Rosenbogen, Hühner und Kohl verschwanden hinter einer Kiefernschonung.

Sie fuhren stadteinwärts. An einer Kreuzung mußte der Fahrer scharf bremsen. Die Ziege schlitterte über den Blechboden, der Junge stieß sich den Kopf am Wagendach.

„Scheiß Verkehr!" schimpfte der Fahrer. „Ist was passiert?" Er blickte über die Schulter. „Verdammte Sauerei, auch das noch. Kannst du nicht besser aufpassen! Hab' den Wagen heut früh erst gewaschen." Der Junge klammerte sich mit einer Hand an die Rückenlehne des Beifahrersitzes, mit der anderen hielt er die Ziege fest am Strick.

Noch zweimal trat der Fahrer hart auf die Bremse. Die Ziege entleerte sich völlig, bevor sie den Zoo erreichten.

Sie benutzten den Lieferanteneingang und durchquerten den Zoo, im Schrittempo, nicht schneller, weil die Zoobesucher kaum beiseite gingen. Vor den Eulenkäfigen hielten sie an. Ein Tierpfleger erwartete sie. Er sagte: „Wird auch Zeit. Eine halbe Stunde stehe ich schon hier." Gemeinsam zerrten sie die Ziege aus dem VW-Bus. Die Zoobesucher blieben stehen, gafften, schwatzten. „Schaut, eine Ziege!" – „Nein, keine Ziege. Ziegen haben Hörner." – „Es ist ein Schaf." – „Ja, ein Schaf." – „Wo kommt es her?" – „Warum geht es so komisch?" – „Kommt es nicht zu den andern?" ... „Habt ihr gehört, es kriegt Junge!" Tierpfleger und Fahrer schleppten die Ziege durch einen schmalen, von Schneebeersträuchern gesäumten Gang. Hinter den Eulenkäfigen bogen sie um die Ecke eines weißgetünchten, eingeschossigen Gebäudes. Der Junge hängte eine Kette vor den Durchgang. An der Kette hing ein Schild mit der Aufschrift: „Zutritt verboten."

Der Raum war dreigeteilt. Der Vorraum war leer, im Mittelteil stand eine Tiefkühltruhe, hinten war die Knochenkammer. Die Kühlanlage stotterte. Es roch nach Verwesung. Der Junge ekelte sich; ihm graute vor dem nächsten Reinemachen, wenn die Kammer, zwei Meter hoch, drei lang und drei breit, voll war und die von den Raubtieren abgenagten Knochen von einer Seifenfirma geholt wurden: Gebeine von Pferden, Rindern ... Das letzte Mal hatte er fast bis zu den Knöcheln in Fliegenmaden gestanden. Er wird wieder leise vor sich hinpfeifen.

„Wo bleibt dieser Kerl bloß?" sagte der Tierpfleger gereizt.

„Er wird schon kommen", versuchte der Fahrer ihn zu beruhigen.

Der Tierpfleger zündete sich eine Zigarette an. „Wenn ich die geraucht habe, geht's los, ob er da ist oder nicht."

Der Junge vertrieb sich die Zeit an der Kühltruhe. Er hob den großen weißen Truhendeckel ein Stück an. Frostige Kälte schlug ihm entgegen. Er klappte den Deckel noch weiter auf. Ein steifgefrorener Klammeraffe grinste ihn an.

„Laß das Ding zu", sagte der Fahrer zu dem Jungen. „Schau mal nach, ob du den Oberwärter kommen siehst."

„Nichts da. Du bleibst hier! Wir haben lange genug gewartet. Es ist gleich halb eins. Um ein Uhr kommt eine Heulieferung, da muß ich dabeisein. Es geht auch ohne Pistole."

„Sie meinen, nur mit dem Messer?"

„Das wirst du gleich sehen."

„Der Junge hat aber recht. Mit dem Messer ist es Quälerei."

„Macht euch nicht in die Hosen. Die Juden machen es auch so. Ein Schnitt – fertig."

Der Tierpfleger zog das Messer am Wetzstahl ab. Er prüfte die Schneide mit dem Daumen. Er fuhr fort, das Messer zu schärfen, und sagte: „Sie muß auf der Seite liegen ... Ja, so. Jetzt bindet ihr die Beine da unten ans Wasserrohr ... Fester! ... Gut, das reicht. Nun kniet euch auf sie, alle beide." Er beugte sich hinunter zu der Ziege.

„Halt, warte einen Moment!" Der Fahrer ging kurz hinaus. Er kam zurück mit einem Papiersack. „Für meine Hose, sie kommt frisch aus der Wäsche."

Der Tierpfleger schüttelte verächtlich den Kopf. Er setzte die Messerspitze nahe ans Genick und stach zu. Die Klinge kam zur Gurgel heraus. Die Ziege verdrehte die Augen, die Augäpfel traten aus den Höhlen, die Zunge hing aus dem Maul. Junge und Fahrer ritten auf dem Ziegenbauch. Sie stützten sich mit den Händen an der Wand ab. Der Papiersack unter ihnen verrutschte. Der Fahrer stand auf und übergab sich. Der Junge blieb hocken, er wollte nicht feige sein. Er schaute auf das Wasserrohr. Es vibrierte, vibrierte, vibrierte ...

Der Kampf mit dem Dämon

Gegen den Sittenverfall einen Kreuzzug zu führen, sind am ehesten diejenigen bereit, die nur ihresgleichen dulden, und zwar um so mehr, je unerschütterlicher ihre Auffassung, je unbeugsamer ihr Wille ist. Wehe dem Unseligen, der es wagt, anders zu sein als sie!

Zu einem Kreuzzug dieser Art rief eine Handvoll wackerer Männer auf, mit dem Ziel, die Unzucht, oder was sie dafür hielten, auszurotten. Selten war jemand von der Notwendigkeit eines heiligen Krieges so überzeugt wie sie. Nichts konnte sie von ihrem Entschluß abbringen: kein gutes Zureden, kein Mitleid, kein ins Unkraut schießender Schrebergarten, keine Skatrunde, keine händeringende Ehefrau. Wenn überhaupt, so hätten höchstens Feuer und Schwert, ihre eigenen Waffen, sie zur Umkehr bewegen können.

Von Beruf waren sie Tierwärter. Ihre Tätigkeit im Zoo brachte es mit sich, daß ihnen Legionen von Menschen begegneten, Vertreter aller Rassen und Nationen, die kamen, um sich wilde Tiere hinter Gittern, Glas und Wassergräben anzuschauen. Auf diesem Schauplatz war das Außergewöhnliche alltäglich. Die Verirrungen der menschlichen Natur traten hier offen zutage, und zuweilen prallten die Extreme mit elementarer Gewalt aufeinander. Anhänger von wundersamen Spielarten der Liebe fühlten sich wie im Paradies. Diese Abweichler und ihre unkonventionellen Praktiken waren es, die in den Augen jener Männer eine Bedrohung für das christliche Abendland darstellten. Und so zogen sie aus, den Dämon zu vernichten.

In dem bevorstehenden Kampf sollte besonders einer unter ihnen Ruhm erwerben: Dieter Geiger, ein Recke von

athletischem Wuchs und mit großer Erfahrung im Waffen-
gang. Drei Jahre lang hatte er die durch Deutschland ver-
laufende Grenze bewacht – auf östlicher Seite –, und dies
nicht ohne Erfolg. Im Verlauf seines Dienstes war es in
seinem Abschnitt niemandem gelungen, in den Westen zu
fliehen – außer ihm. Er hatte den Dämon schon seit langem im Visier, genaugenommen von dem Tag an, da ihm
seine Mutter bei den Hausaufgaben geholfen hatte und
sein späterer Stiefvater, sich von hinten über sie beugend,
eine Hand in ihrem Ausschnitt hatte verschwinden lassen.
Doch es mußten noch viele Jahre vergehen, bevor er endlich die Klingen mit ihm kreuzen konnte.

Es war im Raubtierhaus, während der Paarung der
Löwen. Vor dem Löwenkäfig hatten sich zahlreiche
Schaulustige eingefunden, um das Schauspiel zu verfolgen.
Einer der Zuschauer, ein Mann mittleren Alters, hatte
seine Hand in der Hosentasche vergraben und veranstal-
tete darin eine Orgie, die der der Löwen in nichts nach-
stand. Dieter Geiger spritzte nebenan einen Käfig aus, als
er den Mann erblickte und in ihm sogleich den Dämon erkannte. Kurz entschlossen richtete er den Wasserschlauch
auf ihn. Der Wasserstrahl, dick wie ein Seil, traf den Mann
genau dort, wo seine Hand hinter dem Hosenstoff tanzte –
eine Meisterleistung in Anbetracht der Tatsache, daß er
sich mit seiner vorgehaltenen Aktentasche zu schützen
suchte. Ein Raunen ging durch die Menge, und die Blicke
waren nicht mehr auf die Löwen gerichtet, sondern auf
den vor Nässe triefenden Mann. Ohne ein Wort zu verlieren, verließ dieser eilends das Haus, wozu eine gute kör-
perliche Verfassung gehörte, denn vor der Tür zeigte das
Thermometer fünf Grad minus.

Dieter Geiger hatte dem Dämon eine empfindliche
Niederlage bereitet, und seine Tat sprach sich rasch herum.
Unter Beifall und Jubel hoben ihn seine Mitstreiter auf den

Schild. Doch ihre Freude sollte nicht lange währen. Der Dämon gab sich keineswegs geschlagen, sondern war wohlauf und trieb sein Unwesen schlimmer denn je.

An einem warmen, sonnigen Tag – die ersten jungen Enten schwammen auf dem Zooweiher, die Pfauen schlugen unter blühenden Magnolien ihr buntschillerndes Rad – beobachtete Dieter Geiger das Nashornpaar, das sich infolge des schönen Wetters leidenschaftlich zugetan war. Das Treiben der Tiere zu verfolgen, war ihm etwas peinlich, aber wie sonst hätte er sich ihre Chancen auf Nachwuchs ausrechnen können, wenn nicht durch einen Einblick in ihr Liebesleben? Andererseits beneidete er insgeheim den Nashornbullen, weil er ihm an der entscheidenden Körperstelle deutlich überlegen war.

Die Nashörner zeigten sich ihre Zuneigung, indem sie spielerisch miteinander kämpften und einer den anderen zurückzudrängen versuchte. Dabei gerieten sie in den von Hecken umsäumten Graben, der das Außengehege begrenzte, wo sie Dieter Geiger aus den Augen verlor und nur noch ihr brünstiges Schnauben hörte. Er mußte das Gehege ein Stück umrunden, um sie wieder zu Gesicht zu bekommen. Hier hatten sich bereits andere Zuschauer eingefunden, darunter auch ein schwarzgekleideter Mann. Dicht postiert hinter einem Jungen von etwa neun Jahren, schaute er den Nashörnern beim Liebesakt zu. Dieter Geiger schöpfte Verdacht und behielt ihn im Auge. Nach einer Weile begannen die Hüften des Mannes hinter dem Jungen rhythmisch zu schwingen, wobei die Schwünge mit denen des Nashornbullen synchron verliefen.

Da wußte Dieter Geiger, daß das Böse nicht zur Hölle gefahren war, sondern auf Erden weiterhin Schwefelgestank verbreitete. Er ging seinen Knappen holen, einen Lehrling im dritten Lehrjahr, der beim Ausmisten der Ställe war, befahl ihm zu folgen und kehrte mit ihm als

Verstärkung an den Ort zurück, an dem Mensch und Tier hemmungslos der Wollust frönten.

Dieter Geiger war fest entschlossen, dem Sendboten der Finsternis eine Lektion zu erteilen, an die er ewig denken sollte. Er erläuterte dem Knappen seinen Plan und setzte auf dessen tatkräftige Unterstützung. Aber der Knappe scheute sich, den Plan auszuführen und verweigerte ihm seine Hilfe, was nur zu verständlich war, trug der Abgesandte des Teufels doch den Rock eines katholischen Priesters. Von solchen Äußerlichkeiten ließ sich Dieter Geiger nicht beeindrucken. Er ging mit gutem Beispiel voran und blies zum Angriff. Indem er dem verirrten Gottesmann einen Tritt in jenen Körperteil versetzte, um dessentwillen dieser sündigte, zwang er ihn, von seinem Opfer abzulassen, welches die Gelegenheit nutzte und irritiert davonlief. Von diesem kühnen Vorstoß ermutigt, sprang der Knappe herbei. Seine Bedenken waren wie weggeblasen. Sie nahmen den Priester in ihre Mitte und schleppten ihn zum Zooausgang, wo sie ihm seinen Protest mit je einem weiteren Fußtritt in seine Kehrseite quittierten.

Mit welch dunklen Mächten man es zu tun hatte, zeigte sich ein paar Tage später, als ein Beschwerdebrief, unterzeichnet von dem sündigen Priester, bei der Zooverwaltung eintraf. In dem Brief war von den schrecklichen Untaten zweier Tierwärter zu lesen, jedoch nichts von der sittlichen Verfehlung des Kirchendieners.

Die Anschuldigungen, beglaubigt mit dem Siegel der Amtskirche, wogen zu schwer, um ignoriert zu werden. Der Zoodirektor höchstpersönlich nahm sich der Sache an, und seine Nachforschungen führten ihn zu Dieter Geiger. Zur Rede gestellt, wies dieser die Vorwürfe weit von sich. Und während er die Ereignisse aus seiner Sicht schilderte, leuchtete über seinem Haupt ein Heiligenschein auf, wohingegen der Ankläger mit Bockshörnern, Pferdefuß und Dreizack erschien. Geblendet von dieser Erscheinung, sank der Zoodirektor auf die Knie, und als der Knappe, wegen seiner Beteiligung in den Zeugenstand gerufen, sich im Laufe seiner Aussage in ein unschuldiges Lamm verwandelte, ging er, von seinen Zweifeln befreit, zurück in sein Büro, nahm den Beschwerdebrief und warf ihn in den Papierkorb.

Als die Kunde von der Bekehrung des Zoodirektors die Kreuzritter erreichte, atmeten sie erleichtert auf, war doch das drohende Unheil abgewendet. Dieter Geiger bot seinem Knappen, der sich bewährt hatte, das Du an, was gleichbedeutend mit dem Ritterschlag war.

Tapfere Burschen waren in diesen dunklen Zeiten dünn gesät, und im Kampf mit den Mächten der Finsternis kam es auf jeden Mann an. Der Feind war schlau und durchtrieben. Jederzeit konnte er zu einem neuen Schlag ausholen. Wann und wo er zuschlagen würde, war ungewiß, und darum hielten es die Kreuzritter für das beste, ihm mit einem Präventivschlag zuvorzukommen.

Tagaus, tagein schwärmten sie aus und sondierten das Gelände. Das Operationsgebiet hatten sie in Haupt- und Nebenabschnitte unterteilt, wobei erstere düstere Besucherräume sowie Plätze umfaßten, an denen große Menschenansammlungen und paarungswillige Tiere anzutreffen waren. Diese Abschnitte observierten sie besonders gründlich.

Aber so sorgfältig sie ihre Aktion auch durchführten, der Erfolg ließ zu wünschen übrig. So nahmen sie einen älteren Herrn fest, weil er einen Knaben in seine Arme geschlossen hatte. Hinterher stellte sich heraus: Es waren Großvater und Enkel. Ein anderes Mal ergriffen sie eine junge Dame, weil sie großes Interesse an der Hirschbrunft gezeigt hatte. Sie behinderten sie damit bei ihrer Doktorarbeit über das Sozialverhalten des Rothirsches.

Die Unschuldigen mußten, wohl oder übel, wieder auf freien Fuß gesetzt und um Entschuldigung gebeten werden. Ein Debakel bahnte sich an. Da wendete sich das Blatt, dank Dieter Geiger und seinem untrüglichen Gespür.

Auch Dieter Geiger war dem Feind wochenlang erfolglos auf der Spur gewesen, bis zu jenem Tag, an dem die Sonne heiß vom Himmel brannte und er nachmittags bei den Wildschafen noch einmal nachsah, ob die Wassertröge gefüllt waren. Vor dem gegenüberliegenden Menschenaffenhaus amüsierte sich eine dichtgedrängte Menschenmenge bei der gerade stattfindenden Schimpansendressur. Die Darbietungen der Affen, die eine Parodie auf die menschliche Gattung waren, brachten das Publikum schier aus dem Häuschen. Die Zuschauer standen in einem weiten Halbkreis bis zu dem Wildschafgehege, einige gar direkt davor auf dem erhöhten Fundament der Umzäunung. Da der Platz an einem Hang lag, ähnelte er einem ausverkauften Amphitheater.

Gleichsam Logenplätze hatten jene inne, die sich auf eine der Bänke am Wegrand gestellt hatten. Einer dieser Glücklichen war ein Italiener. Unmittelbar vor ihm standen zwei junge, attraktive Frauen. Die eine blond und vollbusig, mit einer kurzen schwarzen Hose und einem grünen Hemd bekleidet, das vor dem nackten Bauch nur von einer Schnalle zusammengehalten wurde; die andere brünett, mit einer ebenso verlockenden Figur, in langer hautenger Hose und roter, tief ausgeschnittener Bluse.

Falls der Italiener je ein Interesse an der Vorführung der Schimpansen hatte, so war es beim Anblick dieser beiden Frauen erloschen. Er weidete seine Augen an den sanften Hügeln und Tälern, die sich vor ihm erstreckten, und sog den Duft von Flieder und Jasmin ein. Ein wohliger Schauer durchrieselte ihn, und er verspürte den unbändigen Drang, die Tür zu dem Verließ zu öffnen, hinter dem sein Leib, namentlich dessen untere Hälfte, schmachtete.

Eine der beiden Frauen fühlte einen sanften Druck in ihrem Nacken, worauf sie einen kurzen Blick über ihre Schulter warf. Was sie dort hinter sich sah, ließ sie zusammenzucken und sich jäh herumdrehen. Sie zerrte ihre Gefährtin am Arm, und ein entblößter Männerschoß hypnotisierte sie beide. Im selben Augenblick lachten die Zuschauer laut auf, weil einer der Schimpansen dem Wärter, der sie dressierte, den Vogel gezeigt hatte. Der Aufschrei der Frauen ging in der allgemeinen Heiterkeit unter.

Der Italiener war auf dem Gipfel der Wonne, als jener Teil seines Leibes, den er gerade aus seinem Kerker befreit hatte, wieder in Ketten gelegt wurde, und diesmal unwiderruflich.

Dieter Geiger, durch das tägliche Studium der Boulevardpresse auf den Ernstfall vorbereitet, hatte das Unheil nahen sehen und war den Frauen zu Hilfe geeilt. Er hatte die giftspeiende, vor ihren Opfern steil aufgerichtete Schlange mit der bloßen Hand gepackt und sie zerquetscht, so daß ihr lebloser Körper schlaff herabhing und der Italiener sich vor Schmerzen krümmte.

Die Frauen eilten davon, um die Polizei zu holen, während Dieter Geiger die Stellung hielt.

Der Italiener indes flehte um Gnade, machte die lange Trennung von seiner Heimat geltend und versprach, nie wieder jemanden zu belästigen, denn er befürchtete, aus dem gelobten Land, in dem es Arbeit in Hülle und Fülle gab, verbannt zu werden. Doch nicht einmal die Heilige Jungfrau, die er anrief, konnte ihn retten. Er wurde dem Arm des Gesetzes übergeben.

Die Kreuzritter waren an diesem Abend in ausgelassener Stimmung. Im Waschraum faßten sie die Ereignisse noch einmal zusammen und kamen zu dem Schluß, daß der Feind sobald sein Haupt nicht wieder erheben würde, auch wenn die letzte Schlacht noch nicht geschlagen war.

Sie irrten sich gründlich.

Der Dämon, allgegenwärtig und verborgen hinter vielerlei Masken, tauchte schon am nächsten Tag wieder auf, als sie ihn am wenigsten erwarteten.

Zunächst schien alles ruhig, ungewöhnlich ruhig. Weder vergriff sich ein Taschendieb an fremdem Eigentum, noch fütterte ein Unbefugter die Tiere, noch wurde sonst ein bemerkenswertes Ereignis registriert. Das war überaus selten. Zwar entfloh nicht jeden Tag ein Löwe oder erlitt ein Wärter einen schweren Unfall oder reizte ein Zoobesucher einen Elefanten bis aufs Blut, aber kleinere Zwischenfälle ereigneten sich beinahe täglich. Nicht so an diesem Tag. Es wurde Mittag, es wurde Feierabend, und nichts Außergewöhnliches war geschehen.

Die Kreuzritter, noch trunken vom gestrigen Sieg, gingen unbesorgt nach Hause. Warum sollten sie sich auch sorgen? War nicht, wie immer für die letzte Stunde, eine Wache aufgestellt, drei Kameraden, auf die man sich verlassen konnte, gerade heute, da Dieter Geiger unter ihnen war?

Dieter Geiger schob vor dem Aquarium Wache. An die Hauswand gelehnt, rauchte er eine Zigarette und dachte über die Nachteile der Ehe nach. Im Prinzip hatte er gegen die Ehe nichts einzuwenden, wenn sie nur seine Freiheit nicht so sehr eingeschränkt haben würde. Wie unkompliziert hätte das Verhältnis zu seiner Geliebten, einer Kollegin, sein können, wenn er nicht verheiratet gewesen wäre. Jung war sie und hübsch und für ihr Alter sehr erfahren. Er war deshalb bei ihr auch nicht der erste, was ihn freilich nicht störte, denn während sie ihre Liebe eine Zeitlang an andere Männer verkauft hatte, bekam er sie von ihr ko-

144

stenlos. Nur ärgerlich, daß er vor seiner Frau ständig auf der Hut sein mußte.

Verdrossen schaute er sich um. Es waren noch viele Besucher im Zoo, zu viele für seinen Geschmack. Es würde seine Zeit brauchen, bis sie alle zum Ausgang gefunden hätten. Zwei Kinder, die in Mißachtung des aufgestellten Verbotsschildes die Rasenfläche gegenüber betraten, nötigten ihn, seines Amtes zu walten.

Nachdem die Störenfriede zur Ordnung gerufen waren, drehte Dieter Geiger gemächlich seine Runde und kam schon bald an einer abgelegenen Stelle vorbei, wo hinter einem Wall von Büschen ungefähr ein Dutzend einfacher, mit Plastikschnüren bespannte Liegestühle zur Rast einluden. Er passierte den schmalen Durchgang, der wie eine Schneise durch das dichte Blattwerk führte, betrat den Platz und – erstarrte.

Nicht, daß ihn noch viel überraschen konnte. Er hatte schon einiges erlebt und besaß genug Phantasie, um sich so manches auszumalen. Hätte er aber das, was sich soeben vor ihm abspielte, nicht mit eigenen Augen gesehen, würde er es nicht für möglich gehalten haben. Natürlich wußte er, daß es Leute gab, die nicht wählerisch waren, wenn sie ein ungestilltes Bedürfnis nach langer Zeit endlich befriedigen konnten, wie umgekehrt bei manchen der Überfluß dazu führte, daß ihre Wünsche immer ausgefallener wurden. Aber welche Not – oder war es Überdruß? – konnte einen Mann dazu bringen, in einem Liegestuhl die Verkörperung einer Frau zu sehen? Was bewog ihn, an einem öffentlichen Ort sich seiner Kleider, bis auf Hemd und Socken, zu entledigen? Was trieb ihn, auf dem Liegestuhl lüstern in eine Lücke der Bespannung einzudringen, gleichsam wie in den Schoß einer Frau?

Diese offenen Fragen, dieses Unverständnis bewirkten, daß Dieter Geiger vorsichtig einen der umstehenden Liegestühle ergriff und sich von hinten an das Phänomen heranschlich, um es näher zu ergründen. War es Schein oder Wirklichkeit? Wachte oder träumte er? Der Liegestuhl, mit dem er weit ausholte, sollte das Rätsel lösen, den Rest von Zweifel, der ihm geblieben war, beseitigen. Ja, er konnte seinen Augen trauen, er hatte es mit einem realen Wesen, mit einem Menschen aus Fleisch und Blut zu tun! Und dieser Mensch schrie auf, sprang auf die Beine und rannte mit großen Sätzen davon, ohne sich über den Schlag, den er auf seinen Rücken erhalten hatte, zu beschweren.

Da nun der Beweis erbracht war, daß er es nicht mit einem Phantom zu tun hatte, nahm Dieter Geiger die Verfolgung auf. Wie ein Jäger seiner Beute, so stellte er dem Flüchtenden nach. Er verfolgte ihn bis zum Aquarium, lief gleich ihm zum Eingang hinein, jagte ihn durch das ganze Gebäude.

Jäger und Gejagter – der eine wild entschlossen, der andere halb nackt – waren die Ursache, daß Eltern um die Unschuld ihrer Kinder fürchteten, Frauen erröteten, Männer die Fäuste ballten.

Im Obergeschoß des Aquariums erwachten die Krokodile aus ihrer marmornen Trägheit und reckten keck ihre Hälse, als sich über ihnen verheißungsvoll das Bein eines Menschen zeigte. Eine Verköstigung außer der Reihe war in Aussicht gestellt! Allein, sie wurden um die Mahlzeit betrogen. Das Bein, das dort oben so wunderbar zappelte, zog sich zu ihrer großen Enttäuschung zurück, und nur ein paar Glassplitter und einige Tropfen Blut fielen ihnen vor die sehnsüchtig aufgesperrten Rachen. Und mit ihnen blickte Dieter Geiger enttäuscht hinauf zum Dach, wo im Drahtglas ein gezacktes Loch vom Umfang eines Männerbeines klaffte.

Die Beute war entwischt! Durch eine Luke war sie gekrochen, auf das Dach des Gebäudes, wohin der Jäger ihr nicht zu folgen wagte, weil die gläserne Decke sein Gewicht nicht ausgehalten hätte.

Dieter Geiger lief zum Ausgang des Aquariums, und alsbald sah man ihn draußen das Haus umrunden, wobei er angestrengt zu Boden blickte. Er suchte nach einer Fährte, einer frischen, einer blutigen. Es dauerte nicht lange, da hatte er sie gefunden. Er folgte ihr ohne Überstürzung, beinahe gemächlich; er hatte keine Eile. Das Wild, dem er nachspürte, war waidwund und sein Fell spärlich. In dieser Verfassung konnte es nicht weit kommen.

Auf seinem Weg traf er Leute, die das gehetzte Wild hatten vorbeihumpeln sehen und die ihm bereitwillig Auskunft gaben, in welche Richtung es geflüchtet war. Nicht aus Sorge um den Jagderfolg, sondern um der Staatsgewalt den ihr gebührenden Anteil zu geben, benachrichtigte er vom nächsten Telephon aus die Polizei.

Die Spur führte aus dem Zoo und endete unweit der Zoomauer vor einem Bauarbeiterwagen. Aus einigen Fenstern der umliegenden Wohnhäuser streckten Gaffer ihre Köpfe und beobachteten einen dürftig bekleideten Mann, der bäuchlings auf dem Dach des Bauarbeiterwagens lag und seinerseits auf einen Mann starrte, der unten auf ihn lauerte wie eine Katze auf eine Maus. Jeden Augenblick erwarteten sie, daß die Katze hinauf auf das Dach sprang und die Maus fing. Aber die Katze tat ihnen den Gefallen nicht. Sie verharrte an ihrem Platz, bis ein grün-weißes Auto vorfuhr, aus dem zwei Uniformierte stiegen, welche die Maus vom Dach herunterholten und in Gewahrsam nahmen.

Nun war der Dämon also doch besiegt!

Herolde verbreiteten die Nachricht im Zoo. Wohin sie kamen, waren Jauchzen und Frohlocken, fast ausnahmslos. Hymnen erklangen, Dieter Geiger und allen Kreuzrittern zu Ehren.

Für die edlen Ritter war es an der Zeit, die Schwerter aus der Hand zu legen. Friede, ewiger Friede sollte fortan herrschen. Und während der Alltag einkehrte, senkte sich Nebel auf die Walstatt und webte um sie verklärende Schleier.

Die Tage kamen und gingen. Allmählich lichtete sich der Nebel, und als er sich aufgelöst hatte, gab er den Blick frei auf einen kleinen Schemel, und aus war es mit dem Frieden. Das Schemelchen war das letzte Glied in einer Kette von schrecklichen Entdeckungen, die eines Morgens gemacht wurden. Jede einzelne Entdeckung gab Anlaß zu größter Besorgnis, aber alle Entdeckungen zusammen: O Gott!

Die erste Entdeckung war ein eingeschlagenes Fenster im Ponyhaus, die zweite ein schmutziges Handtuch, das in der Jaucherinne des Ponystalles lag. Und schließlich die dritte: eben jenes Schemelchen. Das schlimmste an dieser letzten Entdeckung war der Ort, an dem man das Schemelchen gefunden hatte, nämlich unter dem Hinterteil einer Eselin. Die Indizien ließen nur einen Schluß zu: Der Dämon hatte wieder zugeschlagen und selbst vor einem Esel nicht haltgemacht!

Bei diesem einen Einbruch blieb es nicht. Ein ums andere Mal verschaffte sich des Nachts ein Einbrecher Zugang zum Ponyhaus, um auf seine Weise Umgang mit Ponys und Eseln zu pflegen.

Die Kreuzritter ergriffen wieder ihre Schwerter, und vom gemeinsten Mann bis hinauf zum König wurden alle zu den Waffen gerufen. Wer sich weigerte, an der alles entscheidenden Schlacht teilzunehmen, setzte sich dem Verdacht aus, mit dem Dämon im Bunde zu sein. Den Ketzern drohte die heilige Inquisition. Ein einfaches wie wirkungsvolles Überwachungssystem – jeder bespitzelte jeden – sorgte für Sicherheit. Offizielle Ordnungshüter wurden als Hilfstruppen herangezogen, die ermächtigt waren, von jedem Dienstmann Fingerabdrücke zu nehmen, wohingegen der ortsansässige Hochadel aufgrund seiner Privilegien von dieser Maßnahme ausgenommen war.

Und siehe, schon bald ging den Spitzeln ein zwielichtiges Subjekt ins Netz.

Wer war der Beschuldigte? Niemand anderes als Dieter Geigers ehemaliger Knappe, den er vor nicht allzu langer Zeit zum Ritter geschlagen hatte! Was wurde ihm zur Last gelegt? Eine Verletzung an seinem Hinterkopf. Er hatte sie sich gestern nacht zugezogen, als er ins Ponyhaus eingestiegen war. Mochte er dies auch heftig bestreiten – das Blut und die Haare, die heute morgen dort an einem Fensterrahmen klebten, hielt man für die seinen.

Der vermeintliche Verräter stand kurz vor dem Abschluß der Lehre. Mitten in der schriftlichen Prüfung platzten die Häscher in den Saal und zerrten ihn vom Tisch weg. Sie schleppten ihn vor den Inquisitor, den Personalchef, der ihm den Prozeß machte.

Der Inquisitor ließ die Beteuerung des Angeklagten, er sei zur fraglichen Zeit zu Hause gewesen, sowenig gelten wie seine anderen Einwände und Behauptungen. – So, er habe sich auf die Prüfung vorbereitet? Das konnte jeder sagen. Den Kopf habe er sich an einer Mülltonne gestoßen? Faule Ausrede! Ein Kollege könne es bezeugen? Wird mit ihm unter einer Decke stecken. Ob er nicht immer korrekt gewesen sei? Nichts als Täuschung. Das will er sich nicht bieten lassen? Unerhört!

Das Urteil war gesprochen: Scheiterhaufen, das heißt Entlassung. Die Strafe sollte so lange ausgesetzt werden, bis der Verurteilte seine Prüfung abgeschlossen hatte. – Doch es kam anders.

Abermals suchte jemand die Ponys und Esel auf die bekannte Weise auf. Sogleich tippte man auf den in Ungnade gefallenen jungen Ritter. Wo war er zur Tatzeit gewesen? In einer anderen Stadt? Konnte er das beweisen? Nun gut, da zwanzig Personen für ihn aussagten, darunter der Direktor eines anderen Zoos, der Mitglied der Kommission war, vor der er am Tage der Tat die praktische Prüfung abgelegt hatte, so mußte man ihm wohl glauben. Obgleich ...

Nach diesem Fehlschlag zeigte sich, daß die Offensive die falsche Taktik war. Man mußte den Gegner in einen Hinterhalt locken, ihm eine Falle stellen, ihm auflauern, kurz, sich in Geduld üben.

Für diese nicht leichte Aufgabe galt es, die geeigneten Leute zu finden, Freiwillige, die bereit waren, das Ponyhaus nachts zu bewachen. Nur wenige folgten dem Aufruf der Anführer. Es fehlte nicht viel, und der Feldzug wäre aus Mangel an Opferbereitschaft kläglich gescheitert. Besonders als die ersten Freiwilligen nach wochenlangem Einsatz immer noch mit leeren Händen dastanden, drohte die Front zusammenzubrechen.

Es war Dieter Geiger, der die Moral der Truppe wieder hob, indem er an die ruhmreiche Vergangenheit erinnerte und an den Stolz der Männer appellierte. Er selbst ging mit gutem Beispiel voran, war abends kaum noch zu Hause anzutreffen, weil er für die große, gemeinsame Sache seinen Schlaf opferte. Häufiger als andere harrte er nachts im Ponyhaus aus, hinter Strohballen versteckt, zur Linken eine Thermosflasche, gefüllt mit Kaffee, der ihn wach halten sollte, zur Rechten griffbereit einen schweren Revolver, eingehüllt vom betäubenden Stallgeruch, der bereichert wurde von dem Gestank aus der angrenzenden Garage und aus dem Umkleideraum im Keller, einer Mischung aus Pferdeausscheidungen, Dieselöl und schmutzigen Arbeitskleidern.

In einer mondhellen Nacht – er war eingeschlummert – weckte ihn das Klirren von zerspringendem Glas. Er schreckte hoch und sah eine dunkle Gestalt zu einem der Fenster einsteigen. Die Gestalt durchquerte zielsicher den Stall, als ginge sie hier täglich ein und aus, stieg in den Keller hinab und kehrte bald darauf mit einem Gegenstand, in dem Dieter Geiger unschwer einen Schemel erkannte, wieder in den Stall zurück. Hier schritt sie langsam die Reihe der angeketteten Ponys und Esel ab, als suche sie nach etwas Bestimmtem, und blieb dann hinter einer Eselin stehen. Die Eselin schnaubte leise, als ihr die Gestalt, die sich hinter ihr auf den Schemel stellte, mit der Hand sanft auf die Hinterbacke klopfte.

Dies war für Dieter Geiger das Signal!

Als wenig später im Stall das Licht anging, sah man einen Mann von ungepflegtem Äußeren am Boden liegen, Arme und Beine von sich gestreckt. Spreizbeinig ragte vor ihm, wie der Koloß von Rhodos, Dieter Geiger auf, dessen Fäuste ihn niedergeschmettert hatten. Der Mann war noch sichtlich benommen und hatte Mühe, sich aufzurichten. Dieter Geiger kam ihm zu Hilfe, indem er ihn an dem speckigen Kragen seines Mantels packte und hochzog. Er betrachtete sich das Häuflein Mensch, das zitternd vor der Mündung seines Revolvers stand. Das Alter des Mannes war schwer zu schätzen, fünfzig Jahre alt mochte er sein, vielleicht auch älter. Graue Strähnen durchzogen sein dunkles Haar, das fettig glänzte, als sei es in einen Topf mit Öl getaucht worden. Er war unrasiert, und die Bartstoppeln staken in seinem aufgedunsenen Gesicht wie Stacheln im Kleid eines räudigen Igels. Der Zustand seiner Kleidung ließ darauf schließen, daß er oft im Freien übernachtete. Eine Duftwolke umgab ihn, deren Hauptbestandteil billiger Schnaps war.

Das also war der Leibhaftige, der einen ganzen Betrieb in Aufruhr versetzt und ein halbes Dutzend Männer um den Schlaf gebracht hatte!

Dieter Geiger befahl dem armen Tropf, ihm vorauszugehen. Er brachte ihn zum Zooeingang, wo er ihn dem Nachtwächter übergab, der in einem der Kassenhäuschen saß. Der Nachtwächter strahlte über das ganze Gesicht, als er Dieter Geiger mit seinem Fang eintreten sah, während sein Hund die Haare sträubte und knurrte. Dieter Geiger zwang den Gefangenen, sich hinzulegen, mit dem Gesicht zum Boden, dann setzte er ihm den Fuß ins Genick, um ihm eine Flucht unmöglich zu machen. Der Hund des Nachtwächters war kaum noch zu bändigen und beruhigte sich erst, als etwas später die Polizei eintraf und den Mann abführte.

Die Freude der Kreuzritter über den Sieg war groß, jedoch mischten sich darunter erstmals Zweifel. War der Feind ein für allemal besiegt oder war nur eine Schlacht gewonnen? Bislang hatte sich der Dämon noch von jeder Niederlage erholt. War es möglich, daß er unbesiegbar war?

Die Zeit verging, und nichts geschah, was die dunkle Ahnung, die sich in den Köpfen der Männer festgesetzt hatte, bestätigt hätte. Es schien, als sollte sich der Feind nicht wieder erheben. Schon waren hier und da Heldengedichte zu hören, die von siegreichen Schlachten und der Vernichtung des Bösen erzählten. Und je länger die Ruhe dauerte, um so mehr Stimmen waren zu vernehmen, um so leidenschaftlicher wurden die Gedichte vorgetragen, bis man eines Morgens auf der Zebraanlage einen Mann entdeckte – nackt und tot. Neben dem Toten wachte der Zebrahengst, diabolisch grinsend. Er, der in der Nacht die intimen Gunstbeweise des Fremden mit Hufen und Zähnen zurückgewiesen hatte, schrie seinen Triumph in die Morgenluft.

Die Kreuzritter sahen ihre Befürchtung auf schreckliche Weise bestätigt. Ihr Kampf war aussichtslos, war es von

Anfang an gewesen. Der Dämon war unbezwingbar. Er hatte sich, ihnen zum Hohn, selbst gerichtet, und wie der Vogel Phönix, so würde er sich erneuern und aus seiner Asche aufsteigen. Dieser mystischen Kraft waren sie nicht gewachsen. Sie streckten die Waffen, für immer, und widmeten sich ihrem Privatleben, verschrieben sich dem Kartenspiel oder züchteten Rosen. Dieter Geiger zeugte nicht nur eine Tochter, sondern wurde auch ein Meister im Seitensprung. Ab und an flammte die alte Leidenschaft in ihm auf. Dann schmiedete er kühne Pläne und träumte vom endgültigen Sieg über den Dämon, würde er ihm auch nie vergönnt sein.

Außenseiter

Vor mir liegt ein alter Zeitungsausschnitt: Die Überschrift ist – auch ohne Fernglas – noch aus fünfzig Metern zu entziffern, das Photo darunter hat Plakatgröße, während der Text auf eine Briefmarke paßt. Ein moderner Leitartikel also. Von einem Mr. Brown aus Südafrika ist darin die Rede, der weder Kosten noch Mühe gescheut haben soll, um eine alte Freundin in Deutschland zu besuchen, und nun hier den Beweis liefert, daß nicht alle Angehörigen der weißen Minderheit seines Landes für die Rassentrennung eintreten. Obwohl selbst ein Weißer, setzt sich Mr. Brown über die Rassenschranken hinweg. Er stört sich nicht an der Hautfarbe eines anderen, wie das Photo in dem mir vorliegenden Zeitungsausschnitt belegt, auf dem er einer dunkelhäutigen Dame ein Geschenk überreicht.

Schon will ich den Zeitungsausschnitt wieder in die Schublade legen, in der ich ihn zwischen anderen Erinnerungen gefunden habe, da drängt sich mir eine jener Fragen auf, die seit Jahren meinen Papierbedarf in die Höhe schnellen lassen und meine Schreibmaschine vor dem Verrosten bewahren: Warum gibt es nicht mehr Leute vom Schlage eines Mr. Brown, die gegen den Strom schwimmen und es verdienen, daß man den Hut vor ihnen zieht?

Auf der Suche nach einer Antwort zünde ich, der ich Nichtraucher bin, mir eine Zigarette an, genehmige mir einen doppelten Cognac und drehe, zur Freude meiner Nachbarn, die Musik aus meiner Stereoanlage auf dreifache Zimmerlautstärke. Derart inspiriert, dauert es nicht lange, bis ein Blitz durch meinen Geist zuckt: Außenseiter sind eine seltene Spezies!

Die Tendenz, ein fest eingefahrenes Gleis zu verlassen

und es mit einer Nebenstrecke zu probieren, ist bereits im Tierreich nicht häufig anzutreffen. Nehmen wir nur einmal die Tüpfelhyäne aus Ostafrika, und wir sehen sogleich, daß der Mensch nicht das einzige Lebewesen ist, das von der Möglichkeit, aus der Reihe zu tanzen, wenig Gebrauch macht.

Die Tüpfelhyäne hat sehr viel für den Grenzschutz übrig und kann mit Fug und Recht für sich in Anspruch nehmen, schon vor den texanischen Rinderbaronen die Weidekriege erfunden zu haben. Sie geht täglich auf Patrouille und kommt ganz ohne Schlagbaum, Stacheldraht und Tellerminen aus. Das hat sie mancher Nation voraus.

Auf dem Gebiet der sozialen Organisation ist sie weniger entwickelt. Sie hat es bloß bis zum Clan gebracht, in dem sie mit Vorliebe ihre Geschäfte tätigt. Staatliche Einrichtungen, wie etwa ein stehendes Heer, kennt sie nicht. Ebensowenig Grenzsoldaten. Jeder Clan ist völlig auf sich allein gestellt und muß die Markierungen entlang der Demarkationslinien selbst erneuern.

Zu diesem Zweck besitzt die Tüpfelhyäne in ihrem Heck eine chemische Fabrik, die ihr die Markierungsstoffe liefert. Deren Produkte sind zwar nicht auf dem Stand von *Hoechst* oder *Bayer* und lösen sich mit der Zeit noch unter dem Einfluß der Witterung auf, sind aber trotzdem recht brauchbar. Mit ihnen werden Grasbüschel und Feldsteine verziert, wenngleich nicht verschwiegen werden soll, daß sie für menschliche Begriffe zum Himmel stinken. Den Vertrieb übernimmt der Clan, wodurch die Wirkung der Produkte erheblich gesteigert wird. Die Konkurrenz unter den Clans ist groß. Strenge Einfuhrverbote sollen die einheimischen Erzeugnisse schützen. Leibesvisitationen und Raufereien zwischen Grenznachbarn sind daher an der Tagesordnung, und bei Tag wie bei Nacht treiben Schmuggler ihr Unwesen.

Wehe der Hyäne, die sich auf fremdem Territorium erwischen läßt! Ihre Gegner machen kurzen Prozeß mit ihr, und nicht selten fließt Blut. Kleine Auseinandersetzungen eskalieren schnell, und das obwohl bei der Tüpfelhyäne die Frauen regieren. Chroniken berichten von wahren Feldschlachten, bei denen beide Seiten eine bis zu vierzig Köpfe zählende Streitmacht aufboten. Die rivalisierenden Parteien verfolgen sich dabei bis tief ins Feindesland, aber am Ende bleibt alles beim alten: Man zieht sich auf sein Gebiet zurück, sorgt für seinen Lebensunterhalt, kümmert sich um den Nachwuchs und gönnt seinem Nachbarn nichts.

Wir sehen also, auch bei der Tüpfelhyäne hält man sich an die Konventionen. Es sind auch bei ihr nur einige wenige, die von der Norm abweichen. Diese pfeifen auf ihre Abstammung, überschreiten die Grenzen, und wo sie geduldet werden, da lassen sie sich nieder. Mißtrauen und Haß, die ihnen begegnen, entmutigen sie nicht. Zumeist sind es Junggesellen, die auf Wanderschaft gehen. Bisweilen finden sie in der Fremde eine Braut, aber häufiger ein frühes Grab.

Skeptiker werden vielleicht einwenden, daß auf einer höheren Entwicklungsstufe mit einem anderen Ergebnis zu rechnen sei. Dem ist nicht so. Wenn wir nach Außenseitern suchen, bewegen wir uns auf einer Geraden. Egal ob wir eine Amöbe oder ein Kaninchen herausgreifen, wir stoßen fast immer auf Linientreue, und selbst bei unserem nächsten Verwandten, dem Schimpansen, verhält es sich so.

Ein Schimpanse liebt süße Früchte über alles und teilt sie nur ungern mit anderen, schon gar nicht mit einem Pavian. Er glaubt, daß alles Obst ihm allein gehört, und wenn ihm ein Pavian eine saftige Feige streitig macht, so ist das für ihn Nötigung in Tateinheit mit schwerem Raub. Ein solches Verbrechen muß er natürlich ahnden. Je härter die Bestrafung, desto besser. Am beliebtesten ist das Steinigen, da kann ein Pavian nicht mithalten, er muß das Weite suchen.

Im Umgang mit der lästigen Konkurrenz macht allenfalls ein junger Schimpanse eine Ausnahme. Im Gegensatz zu einem Erwachsenen ist er bereit, mit einem gleichaltrigen Pavian Freundschaft zu schließen, denn es ist das Privileg der Jugend, alles besser zu wissen und selbst vor alten Bräuchen nicht haltzumachen. Doch auch ein junger Schimpanse wird einmal erwachsen, sofern nichts dazwischen kommt. Spätestens dann ändert er seinen Kurs, und nur der eine oder andere erinnert sich im Alter an seine Jugendzeit und findet zurück.

Mit unseren nächsten Verwandten ist es also nichts. Wie aber sieht es auf einer noch höheren Stufe aus, dort, wo sich die Krone der Schöpfung befindet? Auf den ersten Blick schaut es so aus, als ob es bei uns Menschen von rühmlichen Ausnahmen nur so wimmelt. Es scheint hier ein Gedränge zu herrschen wie in einem Warenhaus beim Ausverkauf, so daß man sich als Außenstehender ganz klein und häßlich vorkommt. Dieser Eindruck wird erst bei näherem Hinsehen korrigiert. Wenn man die Vielzahl von Abtrünnigen auf die Jahrhunderte verteilt, aus denen sie hervorgegangen sind, lichten sich die Reihen beträchtlich, und bisweilen muß man ein Vergrößerungsglas zur Hand nehmen, um in einer bestimmten Epoche fündig zu werden. Macht man sich gar die Mühe, unter gekrönten Häuptern nach Außenseitern zu suchen, ist man auf die Hilfe eines vierblättrigen Kleeblatts oder eines Hufeisens angewiesen. In der dreitausendjährigen Geschichte des alten Ägypten etwa gibt es unter den Pharaonen nur einen, Echnaton, der nennenswert aus dem Rahmen fällt. Als einziger hat er die Rationalisierung der Götterwelt nach modernen Gesichtspunkten in Angriff genommen und den zahlreichen Gottheiten bis auf eine gekündigt.

Uns erscheint das heute als nichts Besonderes, aber in jenen Tagen war das eine ungeheuere Tat, ungefähr so, als würde heutzutage der Papst die Geburtenregelung befürworten, und nicht für das Gegenteil eintreten.

Kein Wunder, daß Echnatons Maßnahmen den Priestern ein Dorn im Auge waren und sie nach dem Tod des ketzerischen Pharaos den alten Zustand wieder herstellten, während der Tote in Ungnade fiel und alles, was an ihn erinnerte, ausgelöscht wurde. In unseren Museen ist deshalb nichts von ihm zu sehen, um so mehr aber von seinem Nachfolger Tutenchamun, dessen Totenmaske und Grabbeigaben auf Wanderausstellungen zu bewundern sind, denn er war kein Abtrünniger, sondern trat getreulich in die Fußstapfen seiner Vorgänger.

Außenseiter haben immer einen schweren Stand, und je länger ich darüber nachdenke, desto mehr kommen mir Zweifel, ob mein Urteil über Mr. Brown nicht zu voreilig war, auch wenn die junge Dame auf dem Photo unbestreitbar eine Schwarze ist. Ich kannte sie persönlich und erinnere mich noch gut an sie. Nach dem gewaltsamen Tod ihrer Eltern war sie als kleines Kind aus dem Innern Afrikas nach Deutschland gekommen. Zusammen mit einer Handvoll Schicksalsgenossen wohnte sie in Frankfurt am Main, wo ich sie kennenlernte und eine Zeitlang mit ihr zu tun hatte. Schon früh entdeckte man ihr künstlerisches Talent. Sie war eine geborene Akrobatin und ein Clown dazu. Eine glänzende Karriere stand ihr bevor. Am Trapez war sie unschlagbar, führte ihren Salto mortale stets ohne Netz vor. Berühmt waren auch ihre Purzelbäume, die das Publikum zum Lachen brachten. Aber ihren größten Erfolg erzielte sie mit ihrem Hulatanz, für den sie rauschenden Beifall erntete.

Wie alle Künstler war sie etwas eigensinnig. Sie hatte eine Schwäche für weiße Männer, besonders für Jünglinge, die eine Schmalzlocke wie Elvis Presley trugen. Schwarzen Verehrern hingegen zeigte sie die kalte Schulter. Das Tragische an ihren Liebesaffären war, daß sie nie über das Platonische hinausgingen.

Durch sie lernte ich auch Mr. Brown kennen, ein Südafrikaner vom alten Schlag, der ein glühender Verehrer von ihr war. Wann immer ihn seine Geschäfte nach Deutschland führten, stattete er ihr einen Besuch ab. Eines Tages bekam die Presse Wind von ihrer Beziehung, und so kamen die beiden in die Zeitung.

Noch einmal werfe ich einen Blick auf den Zeitungsausschnitt und lese:

MR. BROWN AUS SÜDAFRIKA
ZU BESUCH BEI BETSY

Danke für die Apfelsine!
(Weiter letzte Seite)

(Fortsetzung von Seite 1)
Apfelsine festigt alte Freundschaft.
Mr. Brown und Orang-Utan-Dame Betsy
sind seit langem dicke Freunde.

Der Text entspricht nicht ganz der Wahrheit: Wie das Photo zeigt, handelt es sich bei der Apfelsine um eine Banane. Und noch etwas beweist es: Betsy (so hieß sie tatsächlich) war kein Orang-Utan, sondern ein Gorilla.

Wenn ich es also recht bedenke, sind Außenseiter noch dünner gesät, als ich dachte, und es fragt sich, ob man vor Mr. Brown wirklich den Hut ziehen soll.

Orandi

Der Zirkus Orandi gastierte zwei Tage lang in der kleinen Stadt Preetz in Schleswig-Holstein, wo ich gerade meinen Urlaub verbrachte. Seine Vorstellungen erfreuten sich eines regen Zulaufs, was nicht nur den bunten Plakaten zu verdanken war, die überall in der Stadt an Mauern und Hauswänden klebten und auf denen in großen Buchstaben stand: „Orandi. Größter Mittelzirkus Deutschlands." Auch ohne diese Werbung wäre der Andrang an der Kasse sicherlich groß gewesen. Denn für die Einheimischen war der Zirkus eine Gelegenheit, dem Alltag eine Weile zu entrücken, während sich die Urlaubsgäste von ihm eine kleine Entschädigung für das schlechte Wetter versprachen, das seit Tagen herrschte. Bei mir lagen die Dinge etwas anders. Weder der Wunsch nach Zerstreuung noch das Regenwetter waren dafür verantwortlich, daß ich den Zirkus besuchte. Es waren vielmehr die Zirkustiere, die mich magisch anzogen – kein Wunder, ich war früher Tierpfleger gewesen. An dem Zirkus mit seinen Tierdressuren führte kein Weg vorbei. Aber dummerweise verpaßte ich die letzte Vorstellung. Die Dame an der Kasse sah mir die Enttäuschung wohl an, denn sie drückte mir eine Eintrittskarte für die „Große Raubtierschau" in die Hand und schenkte mir ein Lächeln, wobei sie zwei Reihen imaginärer Zähne entblößte. Warum nicht, sagte ich mir, vielleicht ist die Darbietung den Eintrittspreis von fünf Mark wert.

Ich sollte nicht enttäuscht werden. Gleich hinter dem Eingang schallte es mir zur Begrüßung entgegen: „Gra-na-a-daaa!" Die Stimme, die aus dem Zirkuszelt kam, erinnerte stark an Caruso, zumindest was ihre Lautstärke betraf. Ich schätze, sie war in der ganzen Stadt zu hören. Ein Elefant war so begeistert von der Melodie, daß er im Takt dazu sein Haupt wiegte. Ein tanzender Elefant, großartig! Er war so musikalisch, daß er seinen mächtigen Schädel selbst dann noch hin und her warf, als der Tenor verstummte. Sein Zuhause war ein halboffener Waggon. Die Kette an seinem linken Vorderbein erlaubte ihm kaum eine Körperdrehung, aber er tanzte. Er schien Gefallen daran zu haben, und nach seiner Behausung zu urteilen, gab er sich offenbar öfters diesem Vergnügen hin. Die Wände des Waggons waren schon ganz schief, der Boden hing durch und die Räder wackelten, als wollten sie jeden Moment abfallen. Und der Elefant wiegte noch immer sein Haupt, dieser Lebenskünstler, der viel herumkam, ohne weit laufen zu müssen.

Als nächstes war ein Fleischkloß zu bewundern, der in einem Käfigwagen lag und sich bei genauerem Hinsehen als ein seniler Braunbär entpuppte. Ich hatte zuerst auf ein totes Schwein getippt, da der Bär kein Lebenszeichen von sich gab und die nackten Hautpartien an ihm überwogen. Gewiß waren die wenigen Haare im Sommer sehr praktisch, aber die armen Motten, für sie war hier nicht mehr viel zu holen.

Gedankenverloren ging ich weiter und kam zu den Löwen. Sehr schnell gewann ich einen Einblick in ihr Leben. Es waren drei an der Zahl. Sie waren in einer blendenden Verfassung, und ich befürchtete, sie könnten sich jeden Augenblick aus Übermut auf mich stürzen. Dürr genug, um sich durch die Gitterstäbe zu zwängen, waren sie jedenfalls. Sehnsüchtig blickten sie zu ein paar Ponys, die in der Nähe grasten. Je länger ich sie beobachtete, desto stärker drängte sich mir der Verdacht auf, daß sie mit den Ponys ein gemeinsames Schicksal verband. Was geschah mit den Ponys, wenn sie alt und klapprig waren? Konnte es sein, daß sie in einem Löwenmagen endeten? Das würde erklären, warum sie keinen Grashalm ausließen – selbst unter den Zirkuswagen nicht –, um bei Kräften zu bleiben. So gesehen war es verständlich, warum die Löwen so mager waren: Sie mußten Kohldampf schieben, solange die Ponys sich bester Gesundheit erfreuten. Im Zuge dieser gegenseitigen Abhängigkeit hatte sich bei beiden ein vorherrschender Typ herausgebildet. Unter den Ponys hatten sich, mit Abstrichen, die Korpulenten durchgesetzt, unter den Löwen die Mageren, die zudem von den Platzverhältnissen begünstigt wurden, weil sie gegenüber den beleibteren mehr Bewegungsfreiheit in ihrem engen Käfig hatten.

Ich versuchte meine Theorie auch auf die anderen Zirkustiere anzuwenden, mußte jedoch erkennen, daß sie nicht auf alle zutraf, wie mir das Studium der Paviane zeigte. Sie gliederten sich in zwei Gruppen: alte und junge. Die alten Paviane lagen faul herum und schonten ihre Kräfte. Die jungen hingegen tobten sich aus, spielten Fangen oder balgten sich. Es war eine Freude, ihnen zuzuschauen. Wann immer es ihnen beliebte, schlüpften sie durch das großmaschige Gitter ihres Käfigs hinaus ins Freie. Sie unternahmen Ausflüge zu ihren Nachbarn und schwelgten im Überfluß, indem sie sich bei ihnen die Bäuche vollschlugen. Ich war Zeuge, wie zwei Halbstarke ihren Nachbarn zur Rechten, zwei Dänischen Doggen, einen Besuch abstatteten. Die Doggen, mit denen nicht gut Kirschenessen war, stürzten sich sogleich mit lautem Gebell auf die beiden Eindringlinge. Aber gegen die waren sie machtlos. Die Affen zogen sich in die obere Etage des Zwingers zurück, wohin ihnen die Hunde nicht folgen konnten. Einer der Halbstarken begann, die Doggen aus sicherer Entfernung zu necken. Außer sich vor Wut sprangen sie in die Höhe, erreichten ihn natürlich nicht. Sie waren so mit dem unverschämten Lümmel beschäftigt, daß sie den anderen völlig vergaßen. Der aber fiel über ihren Futternapf her und schnappte ihnen die besten Brocken weg. Als er sich Mund und Hände gefüllt hatte, verließen er und sein Kumpan den Zwinger. Die beiden Strolche teilten sich anschließend die Beute, vor den Augen der irritierten Doggen. Bevor sie in ihren Käfig zurückkehrten, machten die zwei noch einen Abstecher zu ihren Nachbarn zur Linken, einem Wildschwein und mehreren Zwergziegen. Hier waren sie willkommener als bei ihren vorherigen Gastgebern. Das Wildschwein begrüßte sie kurz mit einem Grunzen und schlief dann weiter. Die Zwergziegen sparten sich diese Mühe und beachteten die ungeladenen Gäste überhaupt nicht, zu beschäftigt waren sie mit dem Verzehr von Küchenabfällen.

Leider konnte ich meine Studien nicht fortsetzen, da mich ein Zuruf aus meinen Betrachtungen riß. „Komm mal mit da rüber!" tönte es hinter mir. Ich drehte mich um und erblickte einen pomadenköpfigen Herrn in einem speckigen schwarzen Frack. Mein erster Gedanke war: der Zirkusdirektor! Mein zweiter: Er wird doch nicht etwa mich meinen? Was immer er sein mochte, der Herr im Frack, er ließ keinen Zweifel daran, daß er tatsächlich mich meinte. Er befahl mir, beim Verladen der Sitzbänke zu helfen, mit einer Selbstverständlichkeit, als bezöge ich von ihm Gehalt. Da war nichts zu machen. Sein Rat, die Hände aus den Taschen zu nehmen, wäre gar nicht nötig gewesen. Ich mischte mich unter das Personal und packte mit an. Als Lohn für meine Arbeit offerierte mir ein Zirkusbediensteter einen Schluck aus seiner Bierflasche. Ich nahm das Angebot dankend an. Wir kamen ins Gespräch, in dessen Verlauf sich wieder einmal bewahrheitete, daß die Welt klein ist: Wir stammten beide aus Frankfurt am Main.

Wieder zurück auf meinem Zimmer, bürstete ich meine staubigen Kleider aus und ging unter die Dusche. Dennoch juckte es mich noch Tage danach in den Fingern.

Werner Hasselbacher

Sandrasselottern
Novelle

Bodo, gutaussehend und lebenslustig, fliegen die Herzen der Mädchen nur so zu. Das läßt er sich etwas kosten – mehr als er im Zoo als Tierpfleger verdient. Doch das nimmt er auf die leichte Schulter, bis er eine Dummheit begeht. Plötzlich aus der Bahn geworfen, weiß er weder ein noch aus. Da kommt er auf eine wahnwitzige Idee.

„Wer sonst nur zwischen Bankhochhäusern und Zoo in der Mainmetropole spazieren geht, wird von Werner Hasselbachers amüsanter Novelle nun auch an Frankfurter Abgründe geführt."
Mannheimer Morgen

Verlag Books on Demand

Werner Hasselbacher

Reise zum Mittelpunkt der Ferne
Erzählungen und Reportagen

„Er hatte beschlossen, Pilot zu werden und benötigte für die Ausbildung fünftausend Dollar. Bei seinem ersten Flug wären wir seine Gäste …"

Ob Werner Hasselbacher vom Traum eines kenianischen Hotelangestellten erzählt, von zwei Busfahrten durch das Bergland Sri Lankas, von einem Brief aus Kuba und von einer Weinprobe im Burgenland, oder ob er den Leser in einen von Nairobi nach Mombasa fahrenden Nachtzug versetzt: stets verbindet er das Erzählte mit einer Reise.

Verlag Books on Demand